Tucholsky Wagner Zola Scott Sydow Fonatne Freud Schlegel
Turgenev Wallace
Twain Walther von der Vogelweide Fouqué Friedrich II. von Preußen
Weber Freiligrath Frey
Fechner Fichte Weiße Rose von Fallersleben Kant Ernst Frommel
Richthofen
Engels Fielding Hölderlin
Eichendorff Tacitus Dumas
Fehrs Faber Flaubert
Eliasberg Ebner Eschenbach
Feuerbach Maximilian I. von Habsburg Fock Zweig
Ewald Eliot Vergil
Goethe London
Mendelssohn Balzac Shakespeare Elisabeth von Österreich
Dostojewski Ganghofer
Lichtenberg Rathenau Doyle Gjellerup
Trackl Stevenson Hambruch
Mommsen Tolstoi Lenz Hanrieder Droste-Hülshoff
Thoma von Arnim Hägele
Dach Verne Hauff Humboldt
Karrillon Reuter Rousseau Hagen Hauptmann Gautier
Garschin
Defoe Baudelaire
Damaschke Hebbel
Descartes Hegel Kussmaul Herder
Wolfram von Eschenbach Dickens Schopenhauer
Darwin Grimm Jerome Rilke George
Bronner Melville
Campe Horváth Aristoteles Bebel Proust
Bismarck Vigny Barlach Voltaire Federer Herodot
Gengenbach Heine
Storm Casanova Tersteegen Grillparzer Georgy
Chamberlain Lessing Langbein Gilm Gryphius
Brentano Lafontaine
Strachwitz Claudius Schiller Kralik Iffland Sokrates
Bellamy Schilling
Katharina II. von Rußland Gerstäcker Raabe Gibbon Tschechow
Löns Hesse Hoffmann Gogol Wilde Vulpius
Luther Heym Hofmannsthal Klee Hölty Morgenstern Gleim
Roth Heyse Klopstock Goedicke
Luxemburg Puschkin Homer Kleist
Machiavelli La Roche Horaz Mörike Musil
Navarra Aurel Musset Kierkegaard Kraft Kraus
Nestroy Marie de France Lamprecht Kind Kirchhoff Hugo Moltke
Laotse Ipsen Liebknecht
Nietzsche Nansen Ringelnatz
Marx Lassalle Gorki Klett Leibniz
von Ossietzky May vom Stein Lawrence Irving
Petalozzi Knigge
Platon Pückler Michelangelo Kafka
Sachs Poe Liebermann Kock Korolenko
de Sade Praetorius Mistral Zetkin

Der Verlag tredition aus Hamburg veröffentlicht in der Reihe **TREDITION CLASSICS** Werke aus mehr als zwei Jahrtausenden. Diese waren zu einem Großteil vergriffen oder nur noch antiquarisch erhältlich.

Symbolfigur für **TREDITION CLASSICS** ist Johannes Gutenberg (1400 — 1468), der Erfinder des Buchdrucks mit Metalllettern und der Druckerpresse.

Mit der Buchreihe **TREDITION CLASSICS** verfolgt tredition das Ziel, tausende Klassiker der Weltliteratur verschiedener Sprachen wieder als gedruckte Bücher aufzulegen – und das weltweit!

Die Buchreihe dient zur Bewahrung der Literatur und Förderung der Kultur. Sie trägt so dazu bei, dass viele tausend Werke nicht in Vergessenheit geraten.

Musik der Kindheit

Anton Wildgans

Impressum

Autor: Anton Wildgans
Umschlagkonzept: toepferschumann, Berlin

Verlag: tredition GmbH, Hamburg
ISBN: 978-3-8424-9445-9
Printed in Germany

Ziel der TREDITION CLASSICS ist es, tausende deutsch- und fremdsprachige Klassiker wieder in Buchform verfügbar zu machen. Die Werke wurden eingescannt und digitalisiert. Dadurch können etwaige Fehler nicht komplett ausgeschlossen werden. Unsere Kooperationspartner und wir von tredition versuchen, die Werke bestmöglich zu bearbeiten. Sollten Sie trotzdem einen Fehler finden, bitten wir diesen zu entschuldigen. Die Rechtschreibung der Originalausgabe wurde unverändert übernommen. Daher können sich hinsichtlich der Schreibweise Widersprüche zu der heutigen Rechtschreibung ergeben.

Text der Originalausgabe

Anton Wildgans

Gesammelte Werke. Fünfter Band:
Musik der Kindheit / Austriaca

1930 L. Staackmann Verlag, Leipzig

*

Musik der Kindheit

Unter den Weißgärbern

Ich bin geboren, wo damals noch viel Himmel war: in jenem Teile des Bezirkes Landstraße, der, zwischen Aspern- und Sophienbrücke an den Donaukanal geschmiegt, im örtlichen Sprachgebrauche die Bezeichnung »Unter den Weißgärbern« trägt. In der Radetzkystraße selbst, wo das Wohnhaus meiner frühesten Kindheit steht, hat sich während der fast fünf Jahrzehnte, die seither verflossen sind, nicht allzuviel verändert. Es sind noch dieselben altväterischen, meist ockergelb gestrichenen Zinshäuser vorhanden, die schon damals dieser Gegend ihre Stimmung gaben, ja selbst einzelne Handlungen befinden sich noch auf dem nämlichen Platze; um so größerer Wandel hat sich dafür in der unmittelbaren Nachbarschaft des Weißgärberviertels vollzogen.

Dort, wo sich heute der vornehme Stadtteil ausbreitet, der von dem Monumentalgebäude des ehemaligen Reichskriegsministeriums beherrscht wird, dieser ganze Raum zwischen Dominikanerbastei und Vorstadt Landstraße einerseits und zwischen Stadtpark und Donaukanal anderseits, war damals noch ein weithin übersehbarer Bereich von unverbauten Wiesen und Sandflächen. Nur das Kunstgewerbemuseum mit dem farbigen Kolossalbildnis der Pallas Athene stand bereits zwischen der noch kaum bepflanzten Anlage des Stubenringes und dem damals noch uneingedämmten Laufe des Wienflusses, während die Dominikanerbastei mit dem Kloster und den angrenzenden Häuserfronten ihrer ganzen Ausdehnung nach dem stadtwärts gewandten Blicke freilag und in der Gegend des Hauptpostamtes gekrönt war von dem riesigen Rotziegelbau der Franz Josefs-Kaserne. Vor ihr aber entfaltete sich, begrenzt von der Wollzeile, der Ringstraße und dem heutigen Aspernplatz, ein weites, teils von Planken, teils von Staketenzäunen umfriedetes Exerziergelände. Diese Gegend nun ist es, wo ich bis zu meinem vierten Lebensjahre die Eindrücke von dem, was mir damals die Welt war, empfangen und gesammelt habe; sie steht vor mir in jener überdeutlichen und überwirklichen Unwirklichkeit, wie sie nur manchen Traumbildern zueignet, und es ist ja auch wie Traum, daß das menschliche Gehirn Dinge, Gestalten und Vorgänge, die längst nicht mehr gegenwärtig sind, so aufzubewahren vermag, als ob man nach ihnen mit Händen greifen könnte, indessen sie nur noch mit Farben der Phantasie auf das zartgespannte Gewebe der Erinnerung hingetäuscht sind.

Unlängst, als der Plan in mir herangereift war, von dem Wien meiner Kindheit zu erzählen, wollte ich die Probe auf mein Gedächtnis machen, begab mich in das Haus meiner ersten Jahre, beschrieb dem dortigen Hausbesorger genau die Wohnung im zweiten Stockwerk, die ich vor nun dreiundvierzig Jahren verlassen habe, fand meine Angaben von ihm bestätigt und vermochte ihn schließlich dazu, mich bei dem jetzigen Mieter anzumelden. Ein älterer Herr öffnete mir, war vorerst ein wenig befremdet, hatte aber bald freundlichstes Verständnis, und schon im nächsten Augenblick stand ich in dem schmalen, doppelfenstrigen Zimmer meiner frühesten Spiele, blickte auf den frühlingszarten Wipfel des Baumes, der schon damals aus der Tiefe des Hofes in den zwiefach durchkreuzten Himmelsausschnitt heraufragte, sah auf die Dächer gegenüber, die mir einstmals so unendlich fern und jetzt so nah schienen, und durfte auch der Türe gewahren, die von diesem Räume in das damalige Schlafzimmer meiner Eltern führte. Aber es war doch eine Tapetentür gewesen? Der jetzige Mieter bestätigte dies: er selbst habe sie durch eine Flügeltür ersetzen lassen. Ich werde später erzählen, warum ich mir jene andere so gut gemerkt habe. Vorläufig sei nur angedeutet, daß Schweres in dem Raum geschah, in den sie Eintritt gewährte, Schweres, das – ob ich es damals auch noch nicht zu fassen vermochte – entscheidend wurde für vieles in meinem Leben. Vorher aber war dieses noch schattenlos-heiter und vollzog sich in unersättlichem Schauen und Hören unter einem unendlich weiten und lichten Himmel.

Und in der Tat, so überwältigend war Höhe, Ausdehnung und wechselnde Gestaltung dieses Gewölbes, daß selbst dem Kinde, das aus seiner eigenen Kleinheit heraus geneigt ist, die wirklichen Maße des Geschauten zu überschätzen, alle Gebilde und Wesen unter ihm klein und ferne schienen. Da war zum Beispiel der Donaukanal mit den Häusern am Leopoldstädter Ufer. Sie sahen nicht anders aus als jene in der Spielzeugschachtel. Der Fluß selbst war bevölkert von Überfuhrbooten und weißgestrichenen Raddampfern, die rot-weiße Wimpel an den Masten und ein Gewimmel vieler winziger Menschen auf Deck trugen. Da waren ferner die Brücken: die erste, an deren Zugang zwei steinerne Löwen Wache hielten, war noch ge-

waltig und scheueinflößend, aber schon die nächste, fernere bot sich
verkleinert und verkürzt dar wie einem viel späteren Staunen die
Salzachbrücke in der *Camera obscura* auf dem Salzburger Mönchs-
berg. Da geschah es eines Nachmittags, daß der Himmel schwül
und schwer war über der Stadt, und die Leute auf der Straße riefen
einander zu, das Stadttheater brenne. Dies war für die Wiener von
damals, denen noch das Entsetzen über den Ringtheaterbrand in
den Gliedern lag, ein alle betreffendes Ereignis. Der Knabe aber, der
an der Hand des Vaters ging, hatte Augen und Ohren nur für die
vielen Feuerwehren, die von allen Seiten herangerasselt kamen. Jene
Löschzüge jedoch, die mit ihren unheimlich erregten und erregen-
den Hornsignalen von der Leopoldstadt her über die zweite Brücke
fuhren, waren auch wieder nicht größer als die Bleisoldaten, die
man daheim auf dem Tisch oder Fußboden aufstellte. Groß blieb
unter jenem ungeheuren Himmel nur ein Einziges, neben dem
selbst die dunklen, vielgiebeligen Häusermassen der Innern Stadt
samt der goldfunkelnden Spitze des Stephansturmes gering wurden: nämlich, hoch auf der Dominikanerbastei, die Franz Josefs-
Kaserne.

Wer sich von Wirkung und Maßen dieses Bauwerkes eine Vorstellung machen will, der denke an die Rudolfs-Kaserne, die sich
auch heute noch an der sogenannten Roßauerlände des Donaukan-
als in der Nähe der Augartenbrücke befindet. Im selben Stil und
aus demselben Material war auch die Franz Josefs-Kaserne gebaut.
Dadurch aber, daß man von der Talsohle der Ringstraße auf, über
den Exerzierplatz hinweg, zu ihr emporschauen mußte, übertrieb
sie gleichsam ihre wahren Verhältnisse. Aufgebaut in zwei Flügeln,
die durch einen gigantischen Torbogen miteinander verbunden
waren, ragte sie mit ihren vier Ecktürmen und den gezackten Zinnen hoch über alles in ihrer Umgebung und beherrschte fast drohend das friedliche und bunte Gelände wie eine auf einen Felsvor-
sprung hingewuchtete Riesenburg. Unheimlich und unabschätzbar
war die Zahl ihrer Fenster, die nach obenhin immer kleiner zu werden schienen, bis sie unter dem obersten Gesimse nur mehr schmalen, schwarzen Schießscharten glichen. Und diese unzähligen Augen des Kolosses, sie blitzten und blendeten am hohen Tage wie
ebensoviele Nebensonnen, sie glühten am Abend wie Hunderte von
Fackeln, als stünde der Bau auf der einen Seite in Flammen, als

schössen aus seinen dem Untergang zugewandten Mauern scharlachrot lodernde Garben, während die unbesonnten Flächen, wie aus tiefblauer Nacht geformt, sich immer schärfer von dem ungeheuren Himmel abhoben. Da, in die wachsende Stille der abendlichen Umgebung, über das verlassene Vorgelände herüber, klangen alle möglichen Signale von der Höhe herab: oft Hörner, ein vielstimmiger und doch gleichgestimmter Chor, oft das Rasseln vieler Trommeln, immer wieder aussetzend und plötzlich verstummend. Dann wurde Dämmerung, die unzähligen Augen schlugen jetzt nur mehr trübrote, blinzelnde Blicke auf, die Silhouette der vierfach getürmten Zwingburg trat zurück in die zunehmenden Schatten und war allmählich nicht mehr vorhanden; aber herunten auf der Ringstraße glomm Laterne um Laterne auf, ihre Reihe setzte sich fort an den Donaukanal, säumte den weiten Bogen des Franz Josefs-Kais, und der schwarz gewordene Fluß strahlte sie leise zitternd wider. Allzuoft werde ich als zwei- bis vierjähriger Knabe diesem Schauspiel wohl nicht beigewohnt haben, und dennoch ist es mir unvergeßlich geblieben. So überwältigend sind die Erlebnisse der ersten Kindheit.

War an Abenden die Kaserne selbst das Eindrucksvollste, so fesselte an Vormittagen das Leben und Treiben auf dem Exerzierplatz. Das Gatter, das ihn umgab, gewährte zwar zwischen seinen Latten hindurch des Einblickes genug, aber schöner war es doch, frei darüber hinwegzusehen, und so mußte die gute Mutter den unausstehlich schaulustigen Knaben immer wieder auf den Arm nehmen, damit er den militärischen Vorgängen besser folgen könne. Geschütze wurden da im wildesten Galopp aufgefahren, machten die kühnsten Schwenkungen, fielen zur Batteriestellung ab und verharrten so eine Weile, bis das Getümmel von neuem anhub. Und wieder Säbelblitze, Trompetenstöße, Staubwolken und einzelne dahinjagende Reiter! An einer anderen Stelle des Platzes: übende Infanterie, bald im Karree, bald in aufgelösten Reihen, bald mit gefälltem Bajonette, wie zum Sturme angetrieben, bald auf die Kniee niedergeworfen, die Gewehre schußbereit an den Wangen. Die Soldaten trugen dunkelblaue Blusen und hellblaue Pantalons, im Sommer aber Uniformen aus Zwilch, und da sahen sie bei weitem nicht so großartig aus. So anziehend aber, daß man auch nicht einen Atemzug lang den Blick von ihnen wegwenden konnte, waren sie immer. Dann ward es Mittag. Die Glocken vom Stephansdom, von den Dominikanern, von der Jesuitenkirche huben zu läuten an. Von der Landstraße herüber antworteten Sankt Rochus und Sebastian, aus der Weißgärbervorstadt grüßte Sankt Othmar, und dann kam immer wieder der Augenblick, da von irgend einer Seite her eine größere Truppe, die auswärts geübt hatte, mit klingendem Spiele einrückte. Meist kam sie aus der Radetzkystraße vom Prater her, manchmal auch über die Aspernbrücke, zog über den Stubenring, bog bei der Wollzeile ein und marschierte die Rampe längs der Dominikanerbastei hinan zum oberen Haupttor der Kaserne. Da ließ der Knabe die Hand der Mutter nicht eher los, als bis der letzte Trommel- und Tschinellenklang dort oben verklungen war. Und erst wenn der letzte Mann der auf dem Sandplatze exerzierenden Soldaten in die purpurne Riesenburg hinein verschwunden war, ließ er sich auf gewohntem Umwege willig nach Hause bringen.

Dieser Umweg führte regelmäßig am Kunstgewerbemuseum vorbei über den Wienfluß. Der kam vom Stadtpark her und wand sich in seinem seichten Bette der Mündung an der Weißgärberlände entgegen. Heute fließt er spärlich zwischen Betonplatten und hohen, grauen Quadermauern, damals aber fielen sanfte Grasböschungen ländlich bebuschter Ufer zu ihm ab und waren, besonders im Bereiche des Stadtparkes, bestanden mit herrlichen uralten Bäumen, deren malerischeste Rudolf Alt dem ewigen Gedächtnis aufbewahrt hat. Sandbänke schoben sich von beiden Seiten aneinander und ließen nur ein schmales, grünbraunes Rinnsal frei, in dem sich zur Sommerszeit viele halbnackte Gassenbuben herumtrieben, während ihnen im Winter dessen dürftiges Eis eine freie Schlittbahn bot. Die Bürger aber übten den nämlichen Sport auf dem Platze des Eislaufvereines, der sich damals am rechten Wienufer nächst der Großmarkthalle befand. Und auch an diesem ging der gewohnte Spaziergang vorbei, bis endlich beim Hauptzollamte am Eingange der Radetzkystraße die tägliche Runde geschlossen war. Hier ergab sich dann fast immer noch ein letzter, sehr anregender Aufenthalt. Denn dort, wo heute auf der Rampe des Zolloberamtes nur wenige, erdgrau gestrichene Postautomobile zu stehen pflegen, war damals jahraus, jahrein ein ganzer großer Park von hellgelben Wagen mit orangeroten Deichseln untergebracht, und ununterbrochen kamen ihrer höhere und niedere von allen

Seiten herangerollt. Das war die k.k. Paketpost, die dem Generalpostmeister Uhl unterstand, einem Gewaltigen über viele Hunderte von Pferden, Wagen und Postillonen, welch letztere mit ihren bequasteten Rundhüten und gelben Aufschlägen auf unwahrscheinlich hohen Kutschböcken saßen, die Peitschen knallen ließen und bei der Annäherung an das Zollamt ihr heiteres Liedchen bliesen. Es war eben damals in Wien noch allenthalben die gemütliche Romantik des freien Landes lebendig. Von der Innern Stadt zur Weißgärbervorstadt fuhr man zwischen Wiesen hindurch über schmale Flußbrücken, an wilden Baumgruppen vorüber wie von Kleinstadt zu Kleinstadt, bis ein paar Jahrzehnte später das ganze luftige, idyllisch-belebte und himmelüberweitete Gelände von gepflasterten und asphaltierten Straßen durchzogen und die Innere Stadt so knapp an die Vorstädte herangerückt war, daß die Grenze zwischen beiden der Wahrnehmung entschwand und nur mehr von den Straßentafeln ablesbar wurde.

Den eben geschilderten Rundgang muß ich an der Hand der Mutter wohl viele Male zurückgelegt haben, sonst hätte er sich mir nicht so deutlich eingeprägt. Da aber hatte all die Lust und Schauensfreude eines Tages ein jähes Ende. Denn die Mutter, eine große, schlanke, immer etwas blasse Frau, war bettlägerig geworden. Nun entfiel der tägliche Vormittagsspaziergang, dafür aber ergaben sich zunächst andere Freuden. Denn die Tante kam ins Haus und bereitete der Kranken alle möglichen guten und neuen Speisen, vor allem den köstlichen Chaudeau, von dem der Knabe immer reichlich zu naschen bekam. Auch durfte er viel am Fenster des Gassenkabinetts verbringen, wo die Mutter lag und in das jene bewußte Tapetentür vom Hofzimmer hereinführte, und auf der Straße unten gab es immerhin manches zu sehen. Die Postillone fuhren auch hier mit ihrem lustigen Trara vorüber, und die von den Praterwiesen einrückenden Truppen nahmen ja meistens ihren Weg durch die Radetzkystraße. Außerdem gab es eines Abends, als es schon ziemlich dunkel war, ein ganz neues, noch nie gesehenes Schauspiel: in allen Fenstern, bis in die obersten Stockwerke hinauf, standen unzählige brennende Kerzen, und auch in den Fenstern der eigenen Wohnung wurden solche angezündet. Unten aber ging ein langer Zug vorüber mit Fahnen und weißbehemdeten Männern, die gleichfalls Lichter trugen. Dabei war es ganz still in der Straße geworden. Da näherte sich Musik, aber eine ganz andere, als sie von den Militärkapellen her vertraut war! Und jetzt wurde ein merkwürdiges, auf Stangen schwankendes Viereck vorübergetragen, seltsame Glöckchen klimperten, und ein nie noch verspürter Geruch wölkte von unten herauf. Da knieten auf der gegenüberliegenden Straßenseite die unzähligen schwarzen Menschen nieder, gedämpfte Fanfaren jubelten auf, eigentümliche Trommeln, die wie Wäschekörbe von zwei Männern an Henkeln getragen wurden, wirbelten, leibhaftige Engelsstimmen sangen, und die Tante, die den Knaben am Fenster mit dem linken Arme umhielt, machte ihm mit der Rechten ein unverständliches Zeichen auf Stirne, Mund und Brust und schien dabei zu leiden; denn sie weinte bitterlich. Das war die Auferstehungsprozession unter den Weißgärbern am Karsamstag des Jahres 1885. Erst viel später, in der Erinnerung, habe ich begriffen, daß sie es war; damals glaubte ich und ließ man mich glauben, es habe der Himmel sich geöffnet und die göttlichen Heerscharen unter der Führung des Christkindes selbst – es war wohl unter jenem geheimnisvollen Viereck geschritten! – seien jubilierend und psalmodierend, von tausend Flämmchen gegrüßt, vorübergezogen. Bald darauf geschah das Letzte, dessen ich mich aus jener Zeit noch entsinne.

Es war an einem Nachmittag – er steht vor mir, als wenn er sich erst gestern begeben hätte! – da trat der Vater durch die seit langem versperrt gewesene Tapetentür, nahm mich an der Hand und sagte, ich solle der Mutter für alles danken und die Hand küssen. In der ganzen glücklichen Ahnungslosigkeit meiner vier Jahre folgte ich ihm in das Kabinett. Da lag die Mutter in ihrem großen, weißen Bette, aber es schien nicht so weiß wie sonst, denn der einfenstrige Raum war durch die herabgelassenen Jalousien in mattgrüne Dämmerung getaucht. Als ich an das Bett getreten war, wandte sich die Mutter mir zu, sah mich lange an und reichte mir endlich eine ganz klein gewordene, blasse Hand her, die ich küßte. Dann aber kehrte sie sich mit einer schnellen Bewegung von mir ab, vergrub ihr Antlitz in das Kissen, und ich gewahrte von ihr nichts mehr als einen schmalschultrigen, weißen, gekrümmten Rücken, über den ein dünner, dunkler Zopf etwas wirr und schief herabhing. Wie ich aus dem Kabinett wieder herausgekommen, dessen erinnere ich mich nicht mehr, aber *eines* weiß ich: daß der Vater eines anderen Tages im Hofzimmer lange schluchzend auf und ab ging und meiner, der ich dort spielte und kein lautes Wort wagte, nicht achtete. Und dann kam wieder ein Nachmittag, da ich vom Fenster aus merkwürdige Wagen vor dem Hause stehen sah, schwarzbespannte Wagen, auf deren Kutschböcken schwarze Männer mit schwarzen Dreispitzen saßen. Einer von ihnen wandte sich herauf und schien gerade auf mich zu blicken. Er hatte ein rosiges, gar nicht schreckhaftes Gesicht und ein schwarzes Band unter dem Kinn, wie ich damals selbst eines an meinem neuen Strohhut hatte. Ich entsinne mich nicht, gesehen zu haben, wie der Zug sich in Bewegung setzte, auch von Blumen und Lichtern weiß ich nichts mehr. Meine Erinnerung hebt erst wieder in der Dämmerung dieses Tages an. Da sehe ich mich in dem Hofzimmer und war allein. An der Kante des Speisetisches, an dem ich so oft die Rute bekommen, weil ich nie die Suppe essen wollte, stand ein kleines Krügelgläschen, halbvoll mit Milch, und daneben lag ein Stückchen Semmel. Es kam der Augenblick, da ich mich dieser guten Dinge bemächtigte, die Semmel in die Milch tauchte und sie verzehrte. So hatte ich keinen Hunger zu leiden, und auch gefürchtet habe ich mich nicht; denn man hatte sich in der letzten Zeit nur wenig um mich gekümmert, und ich war gewohnt des Alleinseins. Aber immer finsterer wurde es. Auch dieses schreckte mich nicht. Denn auch sonst pflegte um diese Stunde noch lange kein Licht angezündet zu werden, sondern der Vater nahm mich im finsteren Zimmer auf den Schoß und gab mir Wörter auf, zu denen ich Reime finden mußte, und dies war mir ein liebes Spiel. Heute freilich war der Vater nicht da, und es rührte sich nichts in der Wohnung. Da – dies fühle ich noch heute körperlich! – kam ein Seltsames, Neues über mich: eine Erregung aus mir selbst und ein Bewegtsein der Finsternis um mich herum! Wie lange dies gedauert hat, kann ich nicht mehr ermessen. Als es aber endlich wieder laut geworden war in der Wohnung und der Vater durch die Küchentür eintrat, fand er seinen Knaben im dunklen Zimmer auf dem Boden sitzen. Das leere Glas und ein kleiner Rest der in Milch geweichten Semmel lagen neben ihm, er aber hatte Schuhe und Strümpfe ausgezogen und redete – wie er dies auch schon früher manchmal vor dem abendlichen Einschlafen getan hatte – fieberhaft flüsternd zu seinen eigenen Füßen.

So hörte ich es später des öfteren erzählen, und dies war der Nachmittag, an dem meine Mutter begraben wurde. Bald darauf übersiedelte der Vater mit der Schwägerin und dem Kinde von der Weißgärbervorstadt in die Josefstadt. In ihr selbst oder doch ihr unmittelbar benachbart habe ich die nächsten vierundzwanzig Jahre meines Lebens verbracht. In die Gegend meiner ersten Kindheit aber bin ich während dieser Zeit nur selten gekommen, und als ich erst nach vielen Jahren wieder einmal durch die Radetzkystraße schritt und den täglichen Rundgang von ehemals getreulich wiederholte, da war die rote Festung der Franz Josefs-Kaserne geschleift, der Exerzierplatz verbaut und das grüne Ufergelände des Wienflusses verschwunden. Den ungeheueren, lichten Himmel aber, der einstens über all dem gewesen, verräumten viele öffentliche und private Paläste längs der laubdicht gewordenen Alleen des Stubenrings, und auf dem ehemaligen Wiesengrunde zwischen Kunstgewerbemuseum und Aspernplatz hatte man gewaltige Gerüste aufgerichtet. Sie dienten dem Neubau des Reichskriegsministeriums. Und wenige Jahre später, so hatte auch dieses Symbol eines Reiches, das von der Adria bis zu den russischen Steppen, vom Bodensee bis an die Vorlande des Orients reichte, seinen eigentlichen Sinn verloren. Den Mann aber, der diesen Wandel der Dinge in der Mitte seines Lebens mitmachte, mutet bisweilen alles, was sich vorher ereignet hat, wie ein Begeben an, das ihm nicht in diesem, sondern in einem viel früheren Dasein begegnet ist.

Die alte Josefstadt

Die Josefstadt meiner Kindheit war nicht mehr jener vormärzliche Vorort, der den Basteien der Inneren Stadt, etwa vom Schottentor bis zum Burgtor, gegenüberlag. Mit den Befestigungen waren auch jene weithingedehnten Wiesenflächen verschwunden, die man in dieser Gegend das Josefstädter Glacis nannte. Als ich, ein kaum Fünfjähriger, mit dem Vater von der Vorstadt Unter den Weißgärbern in die Josefstadt übersiedelte, umgab bereits der breite, prächtige Gürtel der Ringstraße die Innere Stadt, die Monumentalbauten zwischen Alsergrund und Bellaria standen längst vollendet, und die herrlichen Gärten des Viertels um das neue Rathaus herum waren schon angelegt. Dem Kinde bot sich all die junge Pracht als das Gegebene dar, für Eltern und Großeltern jedoch war jedes Plätzchen des verwandelten Bodens voll der Beziehung auf das noch eben Gewesene, belebt von Erinnerungen und – bei allem Stolz auf den großstädtischen Aufschwung! – umwoben von der uneingestandenen Sehnsucht nach dem Vergangenen. Ihnen war ja noch auf dem Platze des heutigen Volksgartens die biedermeierische Fröhlichkeit und Eleganz des Paradeisgartls Wirklichkeit gewesen; Allerältesten wollte sogar noch Beethoven, von seiner letzten Wohnung im Schwarzspanierhause über das Glacis der Stadt zuschreitend, begegnet sein; Grillparzer, Raimund und Nestroy, die Protagonisten des alten Burgtheaters, Bauernfeld und Schwind, sie bevölkerten noch die Erlebniswelt der Minderalten, wurden dem Zuhörenden in unzähligen Anekdoten an bestimmten Straßenkrümmungen, an gewissen Fenstern graugewordener Zinshäuser und an den Stammtischen altväterischer Gasthäuser förmlich wieder leibhaftig und erfüllten die ehrfurchtwillige Phantasie des Kindes mit dem verklärten Abglanz jener gemütlichen Heroenzeit Alt-Wiener Kultur, die uns heute wie ein idyllisches Märchen anmutet, obwohl auch sie bekümmert war durch weltumwälzende Kriege und verheerende Seuchen, durch Not und Unzufriedenheit der Völker und durch das verhängnisvolle Ränkespiel der Mächtigen.

War nun auch die Josefstadt, in der ich Kind war, nicht mehr jene, von der aus man, grünes Gelände überblickend, die Festungswälle, das vielgiebelige Dachgedränge und in scheinbar engstem Nebeneinander die Türme der Innern Stadt frei vor sich aufragen sah, so war sie doch ein Stück vorgroßstädtischer Zeit voll altmodischer Traulichkeit, voll der Beredtheit von Versunkenem und belebt von solcher Stimmung, als hätte die neue Zeit, als sie auch durch *ihre* abseitigen Gassen und Gäßchen schritt, es lächelnd auf ein nächstes Mal verschoben, hier gründlich Wandel zu schaffen. Und wenn heute der Mann nach soundso vielen Jahren die alten Gassen aufsucht, durch die er zur Schule gegangen, wenn er zu den Fenstern emporschaut, hinter deren Scheiben sich so viel eigenes Schicksal vollzogen hat, so will es ihm ein Glück scheinen, sagen zu dürfen, daß sich in jenen Gassen nur wenig, aber an den Wohnhäusern seiner Kindheit und Jugend fast gar nichts geändert hat. Und nahezu derselbe ist seit damals der Straßenzug geblieben, der sich von den Gründen der ehemaligen Alserkaserne bis zum Getreidemarkt erstreckt. Mag er heute auch in seinen einzelnen Abschnitten anders benannt sein als damals, die schmalen, dunkelumgitterten Vorgärten sind noch immer den grauen, durch weiße Fensterrahmen so freundlich belebten Fassaden der alten Bürgers- und Adelshäuser vornehm-gemütlich vorgelagert, immer noch hält der ernste Bau des früheren Militärgeographischen Instituts sein Wahrzeichen, den goldenen Globus, empor, und das Landesgericht in Strafsachen, das sogenannte »Graue Haus«, steht heute wie einst mit seinen düsteren, langhinlastenden Festungsmauern wie eine Zwingburg der Gerechtigkeit an der Einmündung der Alserstraße. Nur die Platanen in seinem Vorgarten sind seither zu Riesenbäumen herangewachsen, deren Wipfel zu den Dachzinnen des gewaltigen Gebäudes emporreichen. Dieser Straßenzug nun, den heute die elektrische Straßenbahn durchsaust, hieß in meiner Kindheit kurzweg und sehr bezeichnend: die Lastenstraße. An ihr habe ich meine Jugend verbracht, und *sie* war es, die mir die Josefstadt so recht und eigentlich zur Heimat gemacht hat.

Wenn wir Heimat sagen, so sehen wir im Geiste und fühlen wir im Herzen – ob wir auch seit Geschlechtern der Großstadt angehören – doch immer noch Land und Erde: ein Dorf um alte Linden herum im Tal, ein einsames Gehöft auf sonnseitiger Lehne im Gebirge, die Kleinstadt am schmalen, holzüberbrückten Flusse, einen spitzen Kirchturm, am Rande der Ebene wahrzeichenhaft emporragend, zarte Hügelbläue am Horizont und, zwischen Ferne und Feme, die Landstraße! Von der Großstadt als Heimat redet eigentlich nur der amtliche Sprachgebrauch. Ist dies deshalb so, weil es mit dem Großstädtertum der meisten Großstadtmenschen nicht allzuweit, nicht allzulange her ist? Oder ist jene Sprache, die Land denkt, wenn sie Heimat sagt, die Sehnsuchtssprache des Blutes, das wir von bäuerlichen oder kleinbürgerlichen Vorfahren in uns haben? Es mag schon etwas zutiefst Richtiges daran sein, daß man bei Großstadt nicht an Heimat denkt. Hausen wir denn in ihr noch auf der alten, lieben, wohlgegründeten Erde? Sind wir in ihren Zinskasernen nicht neben-, unter- und übereinandergepfercht und von der Erde weggeschachtelt wie in Käfigen? Ist uns der Himmel, sind uns Aufgang und Untergang nicht verbaut? Und was in der Großstadt unsere Füße treten, hat es noch etwas gemeinsam mit dem Stoffe, der Keime treibt und Quellen birgt? Sind es nicht sohlenschmerzende Panzerungen aus Granit oder Asphalt? Und dennoch kann auch die Großstadt Heimat sein, wenn auch freilich mit der unterbewußten Beziehung auf Umgebung, auf Land und Erde. Und eben diese Beziehung war es, welche die Lastenstraße damals noch herstellte. Denn sie war in der Zeit, als Wien nur erst zehn Bezirke hatte, doch noch eine Art Peripherie um den historischen Kern der Stadt herum und als solche voll des buntesten, weitschichtigsten und unstädtischesten Lebens, voll Romantik, Idylle und Fernzügigkeit. Mit einem Wort, die Lastenstraße meiner Kindheit war noch – eine Landstraße.

Landstraße – und dennoch Lastenstraße! Eine Zeile schütternden, klirrenden, ratternden Pflasters und wolkentreibenden Staubes im Sommer, eine Zeile gedämpfteren Dröhnens und zu Kot zerfahrenen Schnees im Winter! Da stampfen und dampfen die schweren Pferde, die in messingfunkelnden Kummeten Lasten von Ziegeln, Bauholz und Eisen ziehen. Mit schwarzen Ohrenklappen kauern die Fuhrwerker hart an den Kruppen ihrer Tiere. Die durchfrorenen Körper begehren nach Erwärmung. Die Straße wimmelt von sogenannten Budiken. »Likör, Rum, Spirituosen« lockt über exotisch bemalten Schildern die Aufschrift an allen Ecken und Enden. Zerlumpte Kotzen den Pferden über die Rücken geworfen, den hölzernen Hafertrog ihren schnaubenden Nüstern vorgehängt! Da stehen sie dann am Rande der Straße, unbeaufsichtigt, oft stundenlang. Drinnen aber, im Tabak- und Fuseldunst beleben sich erstarrte Glieder, und wenn es lange dauert, verglast der Blick des Durstigen.

Leichteres Fuhrwerk hält vor uralten Einkehrgasthäusern. »Zum alten Paradeisgartl«, »Zum Fürsten Auersperg« heißen sie heute noch. Der Zwiebelgeruch ihrer billigen Speisen, ein modriges Mischarom von Bier- und Weinschank dringt aus ihren Lokalen auf die Straße heraus.

Aber nur vereinzelte Tropfen gibt der ewigfließende Strom des Verkehres an die Herbergen ab. Er selbst, mit Hüh und Hott, mit Flüchen und Peitschenknallen, fließt weiter. Da schwanken Heuwagen heran, mächtig geladen, und mengen in den Brodem von Staub, Pfeifenrauch und Pferdemist für Augenblicke den zarten, welken Duft frischgemähter Wiesen. Rinder, in Herden getrieben, kommen brüllend, zwei und zwei jochverbunden, von zottigen Fleischerhunden umsprungen und umbellt, auf dem Wege zum Schlachthaus. Vornehmer geben's die Schweine: in geräumigen Stallwagen fahren sie, Rücken an Rücken gepfercht. Das Getöse der Straße übertönt ihr vielstimmiges Quieken und Grunzen. Und dem Lebendigen begegnet, vom Metzger zurückgefahren, das Tote: Kälber, auf Streifwagen querüber geschichtet. Auf der einen Seite, Ohr an Ohr, die schlaffhängenden, aus glasigen Augen starrenden Köpfe; über den anderen Wagenrand herunter, Paar an Paar, die gefesselten Hinterbeine. Schmeißfliegen wechseln von den schaukelnden Rücken eiliger Pferde auf die blutrünstigen Tierleiber. Vorbei! Und immer wieder neues Her und Hin, unermüdlich, ununterbrochen, unerschöpflich.

Wie der Schiffer nach dem Stande der Sterne des Nachts, wie der Landmann nach Richtung und Länge der Schatten am Tage die Stunde bestimmt, so gab es auch hier auf dieser Land-, auf dieser Lastenstraße in der flutenden Flucht zufällig wechselnden Vorübers das Fixsternhafte, das unbeirrbar zur selben Stunde wie Ebbe und Flut Wiederkehrende. Alltäglich um Schlag zwölf Uhr mittags stieg auf dem Dache des Geographischen Instituts an eisernem Maste die goldene Kugel empor, verharrte einige Sekunden in ihrem Zenith und sank wieder: das Mittagszeichen. Zur selben Minute wurde vor dem Haupttor des Landesgerichtes die Justizwache mit militärischem Zeremoniell abgelöst, und ein Hofwagen mit Offizieren der ungarischen Leibgarde fuhr aus dem Palais nächst dem Weghuberpark zum Dienste in die Hofburg. Eine Abteilung Burggendarmerie überquerte täglich zur selben Stunde die Lastenstraße in der Gegend der kaiserlichen Stallungen, ein Zug hellebardenbewehrter Arcierengarde in roten, goldverschnürten Waffenröcken und mit weißen Roßschweifen auf den Silberhelmen begegnete ihr täglich an derselben Stelle. Dazu kam noch mit fast ebensolcher Regelmäßigkeit alles andere Militär. Regimenterweise, mit klingendem Spiele, marschierte es von den Übungen auf den Praterwiesen zur Alserkaserne: Infanterie, österreichische und ungarische, Landwehr, Kaiserjäger und, mit phantastischen Meßgeräten, Genietruppen und Pioniere. Und nicht nur die lebendigen Soldaten nahmen ihren Weg über die Lastenstraße, sondern auch die toten. Bei der damaligen Größe der Wiener Garnison gab es nicht allzu viele Tage im Jahre, an denen *kein* militärisches Begräbnis stattgefunden hätte, und die meisten dieser Trauerkondukte gingen von der Votivkirche oder von der evangelischen Garnisonskirche in der Schwarzspanierstraße aus und lösten sich vor dem Landesgerichte auf. Dort nahm die Suite der Offiziere auf der Stadtseite der Lastenstraße Aufstellung, während Regimentsmusik und Ehrenkompagnie auf der Josefstädter Seite Front machten. Und dann, während der Sargwagen langsam vorüberfuhr, erklangen in die atemlose Stille dieser Zeremonie Kommandorufe, Gewehrgriffe und der Donnerschlag der Generaldecharge. Da flatterten von allen Gesimsen und Dächern aufgeschreckte Schwärme von Tauben auf, leichter, bläulicher Pulverrauch wölkte und verzog sich, die Fahne senkte sich, und aus dem knatternden Wirbel der Trommeln empor erhob sich als das stärkste Symbol jenes unvergeßlichen Vaterlandes der Kindheit in herrlich genauem Zusammenklang der Instrumente mächtig, feierlich und immer wieder erschütternd die begnadete Melodie des »Gott erhalte«.

Dieses nun, diese Zeile der Lebendigen und Toten, die aus Ebenen über dröhnende Strombrücken kam, um eine kurze Weile an Palästen und Gefängnissen vorüberzuziehen und sich dann wieder aus dem Gewirre der Häuser, aus Staub, Rauch und Ruß in grüne, windatmende Fernen zu verlieren, dieser brausende Fasching des Lebens, der helmeblitzenden Macht, des Güterförderns und -umsatzes und zugleich dieser ewige Aschermittwoch des keuchenden, schwitzenden, fluchenden, frierenden Alltags, diese Heerstraße, Landstraße und dennoch Großstadtstraße war in meiner Jugend die Lastenstraße, und von ihr aus führten damals und führen unverändert auch heute noch sieben schmale Gasseneingänge zwischen Vorgärten hindurch in den eigentlichen Bereich meiner Heimat, in die Josefstadt.

Da ist zum Beispiel die Schmidgasse, die am Geographischen Institut vorüber die Lenaugasse überquert, dann über die Langegasse zur Maria-Treugasse hinaufführt und durch diese in den ehrwürdig-geräumigen Platz vor der Piaristenkirche mündet. Da ragt, von zwei Barocktürmen überhöht, die breite Front des Gotteshauses mit der in der Frühsonne leuchtenden Inschrift: Virgo Fidelis Ave Coelestis Mater Amoris. Da stehen in düsterem und dennoch so anheimelndem Grau zur linken Hand die Volksschule, zur rechten das Gymnasium. Piaristenplatz, Ziel des täglichen Schulweges durch zwölf Jahre eines Knabenlebens! An Wintermorgen, wenn die rötlichflackernden Gasflammen der spärlichen Laternen die zögernde Nacht nur mühsam durchdrangen, ging es da hinauf, an trüberleuchteten Vorstadtläden vorüber. Schattenhaft begegneten andere Fußgänger, und aus der finsteren Kirche wimmerte fröstelnd die Orgel ein unendliches, monotones Segenlied zu dem dünnen Gesang einzelner Altweiberstimmen. Aber vom Februar an wurden die Morgen früher und die Tage lichter. Da spiegelte das Eis der Pfützen und Kotfurchen blaue, schmale Himmelsstreifen zwischen grauen Dachsimsen, und die goldenen Turmknäufe der Piaristenkirche glühten in orangeroter Sonne. Und zwölfmal kam auch der Frühling desselben Weges gegangen. Vom Rathauspark herauf, aus den Vorgärten der Lastenstraße, wehten seine laubfrischen Gerüche, und Antwort gaben ihnen die Düfte der unsichtbaren Gärten, die damals von weiten Vierecken niederer Häuser umschlossen wurden. Aus dämmerigen Flurwölbungen drangen sie, über graue Schindeldächer und schwarzbraune Ziegelfirste kamen sie geflogen und waren am fühlbarsten bei Nacht. Nichts störte da die nahezu mittelalterliche Idylle der abseitigen Gassen und Gäßchen. Das Pflaster hallte unter den Schritten des einschichtigen Heimgängers, selten begegnete ein Einspänner, und nur aus kleinen Bierschänken klang auch noch nach Mitternacht hier und dort eine Zither, ein verstimmtes Klavier oder eine Ziehharmonika und Geige.

Freilich, die Josefstadt von damals hatte auch noch andere, ansehnlichere Gaststätten, und fast sie alle verfügten über größere oder kleinere Gärten, über ein paar Kastanien oder Linden, unter deren Zweigen schwere, runde Holztische, mit weißen oder roten Tüchern bebreitet, aufgestellt waren. Da saß behäbig bei Gaslaternen die bürgerliche Wohlanständigkeit an Stammtischen, hier träumte dem blauen Rauch der billigen Zigarre nach der Einsame, hier lächelte im Dämmer eines abseitigen Gartenwinkels die Schüchternheit junger Liebe. Aber das vornehmste Restaurant der alten Vorstadt war der Riedhof in der Schlösselgasse. Da fuhren nach dem Theater Equipagen und Fiaker vor, schöne stolze Frauen in Abendmänteln entstiegen den Coupes, Brillanten blitzten aus dem Goldschatten hoher Frisuren, und den federnden Schritt schlanker Kavaliersgestalten begleitete die leise silberne Musik der Sporen. Hinter gerafften Rohseidengardinen der ebenerdigen *Chambres séparées* perlte dann der Champagner, und »süßes Mädel« und große Dame erlagen in demselben rottapezierten, verschwiegenen Gevierte der Bezauberung eines für die damaligen Begriffe sündhaft umwitterten Lebens.

Der Riedhof war ein mondänes Wahrzeichen der Josefstadt und hat als solches Eingang gefunden in die Wiener Literatur der Neunzigerjahre des vorigen Jahrhunderts. Seine Räumlichkeiten bestehen noch, aber der Betrieb, wie er damals war, hat aufgehört. Ganz hingegen vom Erdboden verschwunden ist ein anderes Wahrzeichen der Josefstadt: hoch oben in Gürtelnähe die alte Reiterkaserne. Weithingezogene, einstöckige und düstere Gebäudetrakte umspannten einen Hof von ungeheuren Dimensionen. Wenn einmal zufällig eines der mächtig gewölbten Tore offen war, konnte der Vorübergehende in das Leben dieses streng abgeschlossenen Bezirkes Einblick nehmen. Da sah man Reitschule halten und Remonten zureiten, sah die Mannschaft fußexerzieren, turnen und säbelfechten, und manches, was man *nicht* sah, wovon aber jedesmal die ganze Stadt tagelang sprach, umgab das Gebäude mit Romantik und Grauen. Das waren vor allem die Pistolenduelle, die in allerfrühesten Morgenstunden auf dem gewaltigen Hofplatze ausgetragen wurden. Aber auch Freundliches, Friedliches, Anheimelndes ging von der düsteren Kaserne aus. An Sommerabenden, wenn die Petroleumhängelampen über den Familientischen brannten und die Turmspitzen der Piaristenkirche im letzten Flor des versinkenden Tages an die ersten, zartschimmernden Sternbilder rührten, da stieg aus der Mitte des dämmernden Riesenhofes der Mahnruf der Retraite, das hundertjährige Hornsignal auf, das des großen Josephus Haydn Bruder dereinst für die kaiserlich österreichische Armee komponiert hatte. Weithin über Dächer und Gärten klang jene einzigartige dreifache Tonfolge. Schnurrbärtige Wachtmeister traten da kontrollierend vor die Tore der Kaserne, und von allen Seiten fanden sich die Gerufenen ein. Schwergespornte Mannschaftsstiefel hallten über das Pflaster, noch gemächlich nach dem ersten Hornrufe, schon hastiger nach dem zweiten. In der Umgebung der Kaserne aber lösten sich jetzt allenthalben aus finsteren Straßenwinkeln und Tornischen die Gestalten von Dienstmädchen mit weißen Schürzen und dunklen Umhängtüchern und sahen den Enteilenden nach, bis das letzte rote Husarenkäppi um die Straßenecke verschwunden und das letzte metallene Aufschlagen des Säbels auf das Pflaster verklungen war. Wer dann etwa eine Stunde später an den verdunkelten Fronten der Kaserne vorüberkam, ahnte nur mehr den Männerschlaf von Tausenden hinter ihren Mauern. Nur selten klang der melancholische Gesang rauher Stimmen in fremden Sprachlauten aus einem noch später erleuchteten Fenster. Um Mitternacht aber drang nur mehr scharf gärender Geruch von Pferdemist aus den schwervergitterten straßenseitigen Stallöffnungen und an Geräuschen bloß das dumpfe Stampfen unruhiger Hufe auf knisternder Strohschütte, das Schnauben nervöser Nüstern und hie und da das Rasseln einer Halfterkette.

Das war die alte Josefstädter Reiterkaserne: durch viele Geschlechter Aufenthalt und Schicksal für Hunderttausende. Dragoner, Husaren, Ulanen! Deutsche, Böhmen, Magyaren und Polen! Immer wieder wechselten die Regimenter und mit ihnen die Völker und Sprachen. Aber *gleich* für *alle* war durch Jahrhunderte die eiserne Ordnung des Dienstes, der alte Soldateneid der Treue »in Krieg und Frieden, zu Wasser und zu Land« und der melodische Befehl der ehrwürdigen Signale, bis über dem Verstummen von Millionen Tapferer auch sie auf den Schlachtfeldern des Weltkrieges verstummten.

Josefstadt, Kindheit, Heimat! Mit Worten ist dieser Erlebensdreiklang nicht nachzubilden. Und wär' er dies selbst, es ist zu viel des Geräusches in der Welt, als daß gerade er vernehmlich würde. Aber noch redet die alte Vorstadt ja selbst. Noch gibt es hier und dort in ihr altväterische Häuschen, deren Torflure mitten in das Märchen verträumter Gartenhöfe führen. Sandsteinfiguren stehen noch bemoost und verwittert unter uralten Bäumen. Windschief gewordene Gartenhäuser lehnen noch hie und da baufällig an den Feuermauern zudringlicher Zinskasernen, und es sind noch unkrautüberwucherte Wege genug, die, ehemals zierlich bekiest und an Taxushecken vorüber, durch verwachsene Lattentüren hinaus in die Freiheit der Wiesen und Felder führten. Die hofwärtigen Fronten mancher Häuser zeugen noch von dem italienischen Baugeschmack eines früheren Jahrhunderts. Säulengetragene Arkaden, oft mehrere Stockwerke übereinander, schmücken sie, und die kinderreiche Armut, von der solche Häuser meist bewohnt sind, versetzt unwillkürlich in ferne, viel südlichere Gegenden. Urwienerisch aber ist der Werkelmann, der auch heute noch die Kinder um sich versammelt, und der Geiger, den ein Ziehharmonikaspieler zu alten Weisen und längst verjährten Gassenhauern begleitet. In meiner Kindheit freilich gab es noch den Italiener, der einen rotuniformierten Affen Gewehrgriffe machen und Feuer geben ließ, den Dudelsackpfeifer, der mit Armen und Beinen nebstbei noch einen ganzen Mechanismus von Trommeln, Tschinellen und Klappern betätigte, den Bosniaken, der Dolche, Zigarrenspitzen und Tschibukrohre verkaufte, und den sogenannten Rastelbinder, der alles schadhafte Geschirr an Ort und Stelle mit Draht und Blech zusammenflickte. Vom Krawaten, der Kochlöffel und Holzflöten feilbot, und vom Pinkeljuden, der sein »Handle!« zu den oberen Stockwerken emporschnarrte, ganz zu schweigen! Die liebste und traulichste Erscheinung unter den Straßenverkäufern und Hausierern der damaligen Zeit war aber doch die Lavendelfrau, die ihr Anbot himmelblauer, zartduftender Blüten nach einer uralten hochsommerschläfrigen Melodie in den Hof sang: »Kauft's an Lavendl! Drei Kreuzer das Büscherl Lavendl! An Lavendl kauft's!«

Fast alle diese merkwürdigen, trauten und oft so phantastischen Gestalten, die zur Stimmung des früheren Wien und somit auch der alten Josefstadt gehörten, sind Vergangenheit geworden. Der Sturm der Weltgeschichte hat Gebirge und Ebenen, Ströme und Städte aus einem Reich ins andere vertragen und hat auch jene verweht und verwirbelt wie den bunten, raschelnden Abfall des Sommers. Der Herbst ist gekommen, und manches, was seine Fröste verbrannten, blühte noch und hatte sein Schicksal nicht vollendet. Auch den alten Häusern, die heute noch die Josefstadt beherbergt, droht über kurz oder lang die Spitzhacke, und auch ihre letzten Gärten werden verbaut werden. Dann wird es ein ganz neuer und fremder Stadtteil sein, durch dessen breitere Straßen ein neues Geschlecht wandeln, in dessen lichteren Heimstätten heute noch Ungeborne ihr neues und doch so uraltes Menschenschicksal erleben werden. Ihnen wird unsere Gegenwart Vergangenheit, unsere Vergangenheit aber fast schon Legende sein. Dann bleibt vielleicht noch eine kleine Weile ein schlichtes Buch, das den Versuch wagt, jene Legende festzuhalten, bis am Ende auch dieses eingeht in die große Stampfmühle der Vergessenheit.

Pötzleinsdorf

Der Wiener von anno dazumal – und vielleicht gilt dies auch für manchen unserer Einheimischen von heute noch! – war sozusagen Großstädter mit Vorbehalt. So sehr er nämlich in seine Vaterstadt verliebt und während des Herbstes und Winters nur selten aus ihr herauszubringen war, so eilig hatte er es im Frühjahr, ihren Staub von den Füßen zu schütteln und in die Sommerfrische zu gehen, sei es, daß er irgendwo draußen ein Häuschen mit Garten oder gar eine Villa besaß, sei es, daß es ihm bloß vergönnt war, seine bequeme und gemütliche Stadtwohnung mit ein paar meist engen und feuchten Mietstuben bei irgend einem kleinen Weinbauern oder Krämer auf dem Lande zu vertauschen. Land aber war damals für den Beamten und Bürger bereits jene allernächste Umgebung der Haupt- und Residenzstadt, die heute in die äußeren Bezirke einbezogen ist, und im weiteren Sinne das ganze große, wäldergesäumte Gelände sanfter Hügel und lieblicher Talzüge, das sich etwa von Weidling am Bach um das Kahlengebirge herum und dann über Penzing, Hietzing und Mauer bis an den Fuß des Anningers hinzieht und nur zum geringeren Teile mit der Bahn erreichbar war. Was außerhalb dieses Bereiches liegt, war in jener Zeit schon fast das Ziel einer Reise und kam, abgesehen von den Kosten einer solchen, für den Berufsmenschen des Mittelstandes schon deswegen nicht in Betracht, weil ja ansonsten seine ganze freie Zeit auf die tägliche Hin- und Herfahrt zu und von der Stadt aufgegangen wäre. Denn außer der Dampftramway, die allerdings schon damals bis Mödling fuhr, gab es für die überwältigende Mehrheit derer, so sich einen Einspänner oder gar einen Fiaker nicht leisten konnten, bloß die Pferdebahn, die jedoch nur auf wenigen Linien die Grenze der zehn Bezirke überschritt, und über diese hinaus nur die sogenannten Stellwagen, die ihren Standplatz und Ausgangspunkt »Am Hof« in der Nähe des alten Kriegsministeriums hatten. Diese aber brauchten zur Bewältigung von Strecken, die heute in höchstens einer halben Stunde zurückgelegt werden, gut das Dreifache an Zeit und Strapazen. Wie ja überhaupt die Vorliebe des damaligen Wieners für den Landaufenthalt, besonders was die Familienväter betraf, etwas Rührend-Heroisches an sich hatte. Das habe ich irgendwie schon als

Kind empfunden und empfinde es heute in dankbarer Erinnerung vertausendfacht.

Da hatte solch ein Bedauernswerter in der Gluthitze der hochsommerlichen Stadt meist bis in den tiefen Nachmittag hinein bei seinen Akten, Geschäftsbüchern oder sonstigen Hantierungen verbracht, hatte womöglich – wie es zum Beispiel mein Vater zu tun pflegte – während des lieben langen Tages außer dem Frühstück nichts anderes als eine sehr verspätete Kaffeehausmahlzeit zu sich genommen und mußte dann noch an die anderthalb Stunden und länger in der drangvoll-fürchterlichen Enge eines jener Stellwagen über glühendes Pflaster oder staubige Landstraßen dahinholpern, ehe er endlich gegen Abend abgehetzt und verschwitzt an seinem ländlichen Bestimmungsorte anlangte. Und all dies für nur einige Atemzüge in kühlerer freier Luft und im übrigen, um die Nächte in meist zu kurzen und zu schmalen strohsackharten Kleinhäuslerbetten zu verbringen und anderen Tags wieder in aller Frühe den fensterklirrenden, brutofendumpfen, nach heißer Lederpolsterung stinkenden Rumpelkasten in die Stadt zurück zu besteigen. Nur wenn man das Glück hatte, einen Platz auf dem Kutschbock oder gar *über* diesem auf dem Dache des Stellwagens zu ergattern, genoß man, während der Fahrt wenigstens, den Anhauch sommermorgendlicher Frische, mußte dies aber durch das Gefühl bezahlen, sich im schwankenden Mastkorb einer Schaluppe zu befinden, jeden Augenblick – falls man sich nicht krampfhaft anhielt – in Gefahr, kopfüber herunterzupurzeln. Und dennoch, ich habe meinen Vater, den ich im Laufe meiner Kinderjahre diese wahre Marterfahrt hunderte Male mitmachen sah, niemals über sie klagen gehört. Es erging ihm mit ihr offenbar genau so wie den Wöchnerinnen: wenn die Tortur überstanden war, so war sie nicht nur vergessen, sondern es schien sogar die Vorstellung von ihr restlos entschwunden zu sein. Denn sonst wäre nicht einmal das bißchen bescheidenen Frohsinns möglich gewesen, das sich doch immer wieder an jedem jener Sommerabende einstellte, sei es, daß man nach einem kleinen gemeinsamen Spaziergange das Abendbrot im »Salettl« des Mietgärtchens, sei es, daß man es hie und da in einem der einfachen Gasthäuser des Ortes einnahm. Da brannten dann die stillen, blassen Kerzenflammen der Gartenlampen, Nachtschmetterlinge taumelten an ihre windwehrenden Glaskugeln, und immer gab es da in der Nachbarschaft ein verstimmtes Klavier, das irgend einen abgedroschenen Walzer oder melancholischen Gassenhauer spielte. Dies alles habe ich von frühester Kindheit an jeden Sommer erlebt, ob nun der Landaufenthalt Grinzing oder Dornbach, Weidlingau oder Perchtoldsdorf hieß; zum ersten Male aber mit vollem Bewußtsein und Verstehen in meinem siebenten Lebensjahre, und zwar zu Pötzleinsdorf.

Mein Vater hatte nach dem Tode meiner Mutter geziemende Trauer gehalten, dann aber wieder geheiratet und seinen Hausstand in die Mädchenwohnung seiner zweiten Gattin, in die Schmidgasse Nr. 5 übersiedelt. Das Haus, das mit einem anderen von gleichem Baustil den Eingang in den mittleren und ältesten Abschnitt dieser Gasse flankiert, steht, mit einer ganz schmalen Front in die Lenaugasse, heute noch genau so wie damals und ist ein höchst merkwürdiges Haus. Man hat das Gefühl, als wäre es mit seinem Gegenüber ehemals in der Art *eines* gewesen, daß etwa ein Schwibbogen stadttorartig die beiden Zwillingsgebäude verbunden habe. Aber ob dies nun der Fall gewesen oder nicht, das Gäßchen zwischen ihnen ist eng, steil und düster wie die Einfahrt in eine uralte Stadt, und dementsprechend war auch die Aussicht aus der dreizehnfenstrigen Wohnung im ersten Stockwerk, in der ich sieben Jahre meiner ersten Kindheit verbracht habe. Welch ein Gegensatz zu dem Räume meiner frühesten Spiele in der Radetzkystraße! Dort hatte der Wipfel eines Baumes aus dem Hofe bis zum Fenster heraufgeragt und der Blick über ihn hinweg nach der Ferne silberschimmernder Dächer getastet. Dort war das Stiegenhaus hell und der Gangflur heiter und geräumig gewesen. Immer hatte es dort auch anheimelnd nach frisch gebranntem Kaffee und anderen nahrhaften Dingen gerochen, und selbst, wenn jemand überraschend aus einer der braunlackierten Nachbarstüren getreten war, so war dies ein freundliches Begegnen gewesen. Sogar der Rauchfangkehrer, vor dem sich kleine Kinder doch so sehr zu fürchten pflegen, hatte in dem Hause unter den Weißgärbern nichts Schreckhaftes an sich gehabt. In der Schmidgasse hingegen war das Stiegenhaus stockfinster, kaum ein natürlicher Lichtstrahl fiel jemals darein, und immer roch es da auf eine höchst verdächtige Weise nach übeln Waschküchendünsten, rußenden Petroleumlampen und Katzen. Vorzimmer und Küche der elterlichen Wohnung glichen wahren Räuberhöhlen an Finsternis und Kälte, empfingen bloß einen matten Tagesschein aus engen, trüben Lichtschächten und waren überdies mit frostigen Steinplatten gepflastert. Und mit den eigentlichen Wohnräumen, die allerdings eine ziemlich lange Enfilade bildeten, stand es nicht viel besser. Abgesehen von dem Eckzimmer, dessen Fenster zum Teil auch in die Lenaugasse hinausgingen, wurden sie nur bei ganz seltenem Sonnenstande eines unmittelbaren Strahles teilhaftig, während sie sich für gewöhnlich mit den bloßen Reflexen von bevorzugteren Fenstern der Nachbarschaft begnügen mußten.

Da nun hatte man einen ganzen langen Winter und überdies in einer auch menschlich neuen Umgebung gelebt, hatte blutleer, wie man gewesen, von einem Husten zum andern gefroren, war nur an ganz heiteren und windstillen Tagen auf einen Spaziergang längs der Lastenstraße oder in den Rathauspark mitgenommen worden und hatte im übrigen, mit der Nase an der Fensterscheibe, das bloße Nach- und Zusehen gehabt, wenn beneidenswert abgehärtete und unbeaufsichtigte Gassenjungen auf ihren kleinen Schlitten das steile Gäßchen nachmittagelang immer wieder heruntersausten oder, mit den Händen in den Hosentaschen, auf dem gegenüberliegenden Gehsteig schliffen. Da schrillten die hellen Bubenpfiffe durch die eisigklare Winterluft, die Schneeballen flogen hin und wider, und einzig der von ängstlicher Elternsorge und ewigem Lebertran heimgesuchte Knabe blieb von diesem beglückenden Treiben unerbittlich ausgeschlossen. Was man ansonsten durch die Fenster zu sehen bekam, waren nur die wenigen Fußgänger des reinlichen aber unbelebten Viertels, dafür aber sehr viele Leichenwagen, die, teils leer, teils unheimlich befrachtet, vom Allgemeinen Krankenhause und dem Garnisonsspitale auf dem Alsergrund ihren gewohnten Weg über die Schlössel- und Lenaugasse auf die Lastenstraße und von dort auf den Zentralfriedhof nahmen. Nur selten kam hier Militär vorüber und fast niemals mit fröhlich-klingendem Spiele, sondern höchstens als das Ehrengeleite eines Offiziersleichenbegängnisses. Den einzigen wirklich heiteren Anblick bot nur der alte Greisler gegenüber, der seine in Körben und Kistchen ausgelegten Äpfel jeden Morgen mit seinem dampfenden Knasteratem anhauchte und hernach sorgfältig mit seinem blauen Schnupftuch glänzend rieb. Er war das würdige Gegenstück zu der von meinem Vater mitgeheirateten Köchin, die das schwarzgriffige Familienbrotmesser zum Hühneraugenschneiden verwendete, wobei es zum Entsetzen des Knaben ohne Ströme von Blut nur selten abging. Als er dieses Ungeheuerliche aber eines Tages nicht mehr bei sich behalten konnte, wurde er wegen verderbter Phantasie und böswilliger Verleumdung wie überhaupt wegen seines hinterhältigen und lügnerischen Charakters gehörig abgestraft.

Aber all dies Düstere, Frostige und Unheimliche des Winters ging doch allmählich vorüber, und eines Morgens war der Tauwind aus der Gegend des Semmerings und Schneeberges hergekommen, schmelzte die graugewordenen Schneehaufen in den Gassen und Gäßchen der alten Vorstadt, daß sie als schmutzige Gießbäche die steilen Rinnsale herunterfluteten, verklärte die stehengebliebenen Pfützen durch den blauen und goldenen Widerschein des Himmels und belebte die noch winterkahlen Wipfel und Sträucher der Vorgärten an der Lastenstraße mit dem jubelnden Stimmentumult der Sperlinge. Da flogen in den Familiengesprächen unter der abendlichen Petroleumhängelampe die Sommerpläne auf wie die ersten Falter, die sich in die junge Wärme wagen; der Name Pötzleinsdorf fiel nun immer öfter, geheimnisvolle Expeditionen wurden von den Eltern, während der Knabe bei der Großmutter zu Hause bleiben mußte, an Nachmittagen und Abenden in die Umgebung unternommen, und dann – als freilich beide Rathausparke schon längst die smaragdgrüne Seide ihrer gepflegten Rasenflächen entbreitet und die überwältigende Blütenpracht all ihrer Sträucher und Beete entfaltet hatten – stand wirklich eines frühen Vormittags ein behäbiger offener Landauer vor dem Hause, viele Koffer, Hutschachteln und messingbügelige, buntgestickte Reisesäcke wurden aufgeladen, und aus der Atmosphäre von Kampfer, Naphthalin und Zacherl-Pulver, welche die Stadtwohnung in den letzten Tagen verpestet hatte, ging es hinaus in Ferne und Frühling!

Von den Strapazen des damaligen Stellwagenverkehres habe ich bereits erzählt. Nun, die Fahrt in dem hochbepackten, schwerfälligen Wagen, dessen Pferde ein alter schnauzbärtiger Fiakerkutscher von einem hohen Bock herab lenkte, war nach heutigen Begriffen auch nicht eben eine Lustreise, und doch ist sie mir unvergeßlich geblieben als die erste in meinem Leben, deren ich mich in vielen Einzelheiten erinnere. Zuerst fuhren wir die bergansteigenden Gassen und Gäßchen der Josefstadt hinan, hierauf durch die Alservorstadt über den Gürtel nach Währing, und dann begann jenseits des schwarzgelben Linienmautschrankens, immer freier und weiter werdend, das Gelände. Heute bildet die Straße nach Pötzleinsdorf eine fast ununterbrochene Zeile von Zinshäusern, Industrieanlagen, Lagerschuppen, Remisen usw., damals aber führte sie bisweilen noch über freies Feld von Dorf zu Dorf, und Weinhaus und Gersthof hießen die einzelnen Siedlungen, deren heiter-idyllische Ländlichkeit nichts zu wünschen übrig ließ. Mancherlei Lastfuhrwerke begegneten da, aber auch bäuerliche Heu- und Düngerwagen, und Herden wurden getrieben. Behäbige Einkehrgasthäuser und Meierhöfe luden zu Aufenthalt und Rast im Schatten einzelner uralter Dorflinden, jenseits weißer oder grauverwitterter Lattenzäune warfen Obstbäume ihr schütteres Schattengegitter auf wildgrünende Grashänge, die Felder sanken von beiden Seiten zur Straße heran, und der Landmann ging wenige Schritte von der Fahrbahn entfernt hinter dem Pflüge einher. Vor allem *eines* Augenblickes entsinne ich mich, in dem mir all dies Neue und Erstmalige besonders beglückend zum Bewußtsein kam. Da war am Rade oder an der Bremse des schwerfälligen Wagens etwas in Unordnung geraten, die Pferde standen, der Kutscher kletterte brummend vom Bock, und nun war mit einem Male, durch das Aufhören des Gerassels und durch die Beruhigung der eben noch aufgewirbelten Staubwolken, große Stille und Reinheit der Lüfte um uns. Und in sie erklang zum erstenmal im Leben des Kindes der überschwengliche Jubel der Lerchen. Eine goldene Telegraphenstange am Rande der Straße wies in das unwahrscheinliche Tiefblau des frühsommerlichen Himmels, hielt leise-metallisch-dröhnend den Orgelpunkt gegen die zarten Triller und Kadenzen der Vogelstimmen, und die Welt ringsum war erfüllt vom warmen Brotduft der Erde. Dann schien das Gebrechen am Wagen behoben zu sein, und im flotteren Tempo – während freundliche Waldhänge immer näher kamen – ging es dem dunkelgrünen Laubtore einer Lindenalle entgegen. Als aber ihr kühler, gründämmernder Schattenflur, an Gärten und Villen vorüber, durchfahren war, verbreiterte sich die Straße zu einer Art schmalen, langen Platzes, der Wagen hielt vor dem Hause Pötzleinsdorfer Hauptstraße Nr. 68, und *so* hieß für mich in den nächsten drei Sommern meiner Kindheit der Himmel.

Ob der Name Pötzleinsdorf wirklich von den Herren von Becelinesdorf stammt, deren einer bereits 1136 als Zeuge bei der Stiftung des Klosters Heiligenkreuz genannt sein soll, muß ich den Gelehrten überlassen, aber uralt ist das Dörfchen mit seiner kleinen Kirche, die noch von damals her im holdseligen Blumenschmuck der Maiandachten vor mir steht, ganz gewiß. Die enge, vielfach gekrümmte Dorfstraße, die zu ihr führt, ist linker Hand von niederen, dickmauerigen Dorfbürgerhäuschen eingesäumt, deren einzelne mit ihren altertümlichen Erkern und Giebeln auf manches Jahrhundert zurückblicken mögen, während die rechte Gassenfront durch basteiartige Steinböschungen dem steilen Abfall eines Hügels abgerungen ist. Da schreitet man denn an hohen Mauern vorüber, Steintreppen, in diese eingelassen und gegen die Straße durch eiserne Gittertüren abgeschlossen, leiten zu den Vorgärten empor, deren Zäune von Gebüschen und Schlingblumen grünend und blühend überwuchert sind, und oben stehen, wie Schwalbennester an den sie noch überragenden Abhang angeschmiegt, die Landhäuser und Villen. Solchen gleichsam hängenden Gärten begegnet man auch ansonsten vielfach in den hügeligen und tälerreichen Umgebungen Wiens, aber nirgends meines Wissens so geschlossen und charakteristisch wie eben in Pötzleinsdorf, und es ist gar kein Zweifel, daß auch sie es sind, die dem Wohngelände um Wien jene Ähnlichkeit mit weit südlicheren Stadtumgebungen verleihen. Um Bozen herum, am Posilippo Neapels, ja sogar auf der Märcheninsel Madeira habe ich mich an sie erinnert gefühlt und, umglüht vom Blütenrausche der Glyzinien und Rosen, der freilich bei weitem schlichteren Heimat gedacht.

Das Häuschen nun, vor dem der bemeldete Viersitzer gehalten, stand und steht auch heute noch wie damals auf einer Mauerterrasse von der Art, wie ich sie eben beschrieben. Es gehörte einem freundlichen, graubärtigen Postkontrollor, der in seinen freien Stunden Weinbau betrieb, und beherbergte nach der Straße zu eine Sommerwohnung, die meine Familie, und eine Jahreswohnung, die eine uralte Dame mit einem Mops, kurzweg Fräulein Moni genannt, innehatte. Ein heller Flur führte mitten durch das ebenerdige Häuschen; wenn man ihn aber durchschritten hatte, so stand man mit *einem* Schlage in der ländlichsten aller Idyllen. Ein schmaler, langhingestreckter Hof, in dem links die Hausherrnleute wohnten und rechts ein Holzschuppen samt Ziegenstall untergebracht war, leitete, holperig gepflastert, zunächst noch sanft bergan, mündete über ein paar verwitterte Holzstufen in ein etwas breiteres und steileres Geviert, das mit Nuß- und anderen Obstbäumen bestanden war, und entließ einen ganz oben durch ein stark verwachsenes Zauntürchen in den geheimnisvollen und verbotenen Bereich des hausherrlichen Weinberges. Dies alles war, wie gesagt, eng, kleinbäuerlich und höchst bescheiden und dennoch eine ganze, große und funkelnagelneue Welt. Vor aller Freude an Gras und Baum war bisher drohend die strenge Tafelvorschrift gestanden, daß das Betreten der Rasenflächen verboten und daß Hunde an der Leine zu führen seien. Hier aber kühlte, feuchtete und kitzelte duftender Grasboden die nackten Sohlen des blutleeren Stadtknaben; hinter einem blühenden Holunderstrauche war ihm ein kleines Stückchen Erde zugewiesen, auf dem er Linsen, Bohnen, Kukuruz und Kapuzinerkresse mit eigenen Händen anbauen durfte, und nun lag er alle Tage stundenlang an seinem Äckerchen auf dem Bauche und konnte es nicht erwarten, daß endlich ein zarter Keim seiner eigenen Saat der Erde entsprieße und Zeugnis gebe von seinem Anteil an Gottes unendlichem Schöpferwerk. Doch dies war nur *eines* der Wunder, die es hier zu entdecken gab! Denn da waren doch auch die Tiere! Fremde, nicht recht geheure Wesen, vor denen man sich bisher immer nur in acht zu nehmen hatte. Denn das Pferd, so hieß es, schlüge aus und der Hund beiße. Hier aber biß die Hofhündin mit nichten, sondern sprang gutmütig an einem empor und leckte einem Hände und Wangen. Und eines Morgens hatte sie sogar acht winzigkleine, lichtblinde und torkelnde Junge um sich versammelt, lag beschaulich-müde in einer Ecke des Hofes auf dem Fragment eines alten Laufteppichs, und die Kleinen sogen abwechselnd an den schwarzen, glänzenden Wärzchen ihrer Mutterbrust. Und dann die Ziege im Stall! Sie stank zwar beträchtlich und hatte eine unsäglich stumpfsinnige Art, den lieben langen Tag wiederzukäuen, aber Milch gab auch sie, und diese spritzte unter den kundigen Eutergriffen der Hausfrau in einen großen, braunen irdenen Topf und schäumte darin weiß, glitzernd und prickelnd wie die Faumborte des heißgeliebten Abzugbieres, von dem noch bei anderer Gelegenheit zu reden sein wird. Und welche Anregungen gingen erst von den beiden halbwüchsigen Töchterchen der Hausherrnleute aus! Zum erstenmal im Leben war man da Kind mit anderen wenn auch älteren Kindern. Wäre man ohne sie jemals auf den Gedanken gekommen, Regenwürmer, Käfer und Grillen zu fangen oder gar getrocknete Nußblätter in Seidenpapier zu rollen und zu rauchen? Was tat es, daß einem hernach zum Sterben übel wurde? Selbst die dreitägige Diät, welche man auf Grund einer durchaus falschen Diagnose daraufhin diktiert bekam, konnte die Indianerromantik solcher Genüsse nicht verkümmern. – Pötzleinsdorf, erstes bewußtes Erlebnis des Landes, richtunggebend vielleicht für ein ganzes Leben! Ich schließe die Augen, und jenes Paradies freien und kühnen Schweifens durch Fliederdickichte und windschwankende Obstbaumkronen steht, als hätt' ich's erst gestern verlassen, vor mir! Im Hofe riecht es nach Stall, Heu und brenzlichem Holzfeuerrauch, grüne Perlen springen und kollern, wenn man zum Auslösen zugelassen ward, unter ungeschickten Knabenfingern aus gründuftenden, innen so feuchtglänzenden Erbsenschoten, die Ziege bockt in übermütigen Sätzen durch den Garten, der Hofhund winselt erbarmungswürdig um die vier seiner Jungen, die man ihm heimlich ertränkt hat, Fräulein Monis fauler, fetter Mops hingegen bellt vom Vorderhausfenster mit der Bissigkeit aller Sterilen auf die Straße hinaus, und die alte Dame selbst sitzt im Vorgärtchen und sieht mit ihrer schwarzbebänderten Spitzenhaube und dem winzigen Seidensonnenschirmchen genau so aus wie die »Spennadelmadam« auf Großmutters kirschholzbraunem Nähtisch. Und Riedi und Gusti, die beiden lustigen Mädels, was mag wohl aus ihnen geworden sein? Mütter gewiß, vielleicht schon Großmütter sogar! An solchen Erinnerungen merkt man, wenngleich man noch immer in derselben Haut zu stecken vermeint, wie alt man in Wirklichkeit geworden und wie gering an Dauer ein Menschenleben ist, gemessen an dem Dasein von Bäumen und an der Beharrlichkeit von Dingen. Das holperige Pflaster im Hofe des Pötzleinsdorfer Hauses wird wohl noch das nämliche sein wie damals, vielleicht sind inzwischen nicht einmal alle Fensterscheiben zerbrochen, durch die ich als Sechsjähriger geblickt habe, und der große Nußbaum beim Hühnerstall im rückwärtigen Garten ist bloß um vierzig Jahre älter geworden, und am Ende sieht man's ihm nicht einmal besonders an.

Allein das Pötzleinsdorf von damals hatte der kindlichen Schau- und Erlebnislust noch ganz anderes zu bieten als die bloße Idylle. Weißgärber-Erinnerungen lebten auf und wurden Wirklichkeit im größten Stile. Denn die nächste Umgebung Wiens waren damals Manövergelände. Mehrmals im Sommer fanden, vom Hermannskogel herüber bis in die Dornbacher Gegend, Truppenübungen statt. In aller Herrgottsfrühe, wenn das Zivil noch in den Federn lag, pflegten sie zu beginnen, und so um 11 Uhr vormittags waren sie meistens zu Ende. Da rückten dann die Regimenter von der Salmannsdorfer oder Neuwaldegger Gegend her durch den Ort und zwar Freund und Feind, der letztere durch weiße Binden an den Kappen gekennzeichnet; und gerade gegenüber dem Hause Nr. 68, wo heute die Endstation der Elektrischen ist, hielten sie gewöhnlich Rast. Befehle ertönten, Signale schmetterten, und die strengen Doppelreihen lösten sich im Nu zum heitersten Durcheinander eines Feldlagers. In Reih' und Glied standen nun nur mehr die Gewehrpyramiden längs der Straße. Die Mannschaft lag teils im Baumschatten, teils umdrängte sie den nahen Brunnen. Aus zinnernen Menageschalen gluckste es in die trockenen Kehlen der braungebrannten Burschen, während die Hornisten kurzen Prozeß machten und aus ihren Marschtrompeten tranken. Die Herren Offiziere aber, mit den großen gelben Feldbinden, frühstückten fürnehmer in Anton Brehms Gasthaus. Und jeden Sommer wenigstens einmal wohnte der Kaiser einem Pötzleinsdorfer Manöver bei, meist mit seinem Generaladjutanten, manchmal auch mit seinem Sohne, dem Kronprinzen. Und gerade unter den Augen des Knaben pflegten sie die Sättel zu verlassen, um den goldrädrigen Wagen zu besteigen, der sie dem Hurrajubel der Soldaten und den Hochrufen der Sommerfrischler in raschem Trabe entführte. Das waren große Anblicke für die damalige Zeit, und wenn die Majestät etwa gar in Brehms Gasthaus für ein Achtel Gespritzten einen funkelnagelneuen Silbergulden auf dem Tisch zurückgelassen hatte, so war dies ein Ereignis, dessen Kunde von Mund zu Mund ging einen Sommer lang.

Aber selbst solche Schauspiele und Erlebnisse verblaßten gegen den eigentlichen Höhepunkt des Pötzleinsdorfer Sommers, und dieser war in der Mitte des Monats Juli das Schulfest. Am bergwärtigen Ende des Dorfes, zur linken Hand vom Fußwege nach Neuwaldegg, befand sich damals und befindet sich vielleicht auch heute noch eine geräumige Waldwiese, die, auf allen Seiten von schattenden Baumwänden umgeben, zum Festplatz wie geschaffen war. Dahin nun marschierte unter den Klängen einer Veteranenkapelle am Nachmittage des Schulschlusses alles an Einheimischen und Sommerfrischlern, was Kinder hatte. Am Ziele angekommen, empfingen einen sofort andere Musikanten, die noch falscher bliesen als die Veteranen, und eine wahre Katzenmusik von Werkeln zum Drehen des Ringelspieles und zu den Schwingungen der Riesenschaukel verwandelte die stille Waldwiese in eine Art von Prater. Aber auch andere, geräuschlosere Belustigungen gab es: so stand zum Beispiel ein kleiner Esel den Kindern für kurze Ritte zur Verfügung, ein himmelhoher Maibaum forderte mit seinen Preisen, die hoch oben unter dem buntbewimpelten Reisigwipfel angebracht waren, zu Wettkämpfen im Klettern heraus. Doch nur die Geschicktesten und Verwegensten erklommen ihn, da er, bis über Manneshöhe mit Seife eingerieben, so glatt war, daß alle Versuche, ihn zu bezwingen, fürs erste mißglückten. Jedesmal aber, wenn einem der Knaben das Kunststück gelungen war, spielte die Kapelle einen Tusch, und das Publikum klatschte Beifall. Weit weniger sportlich, dafür aber um so lustiger, war ein anderer Wettbewerb, welcher sich das »Wurstspringen« nannte. Zwischen zwei ziemlich hohen Pfosten hatte man wagrecht eine Schnur gespannt, und von dieser hinwiederum hing an einem Bindfaden eine Zervelatwurst, in Wien »Saffaladi« genannt, in solcher Höhe, daß nicht einmal die ausgewachsensten Repetenten im gewöhnlichen Stande an sie mit dem Scheitel heranreichten. Die Kunst bestand darin, einen Anlauf zu nehmen und die Wurst derartig anzuspringen, daß man sie mit den Zähnen erschnappen konnte. Da war es nun urdrollig mitanzusehen, wie sich etwa zehn oder zwanzig Knaben den Mund, die Nase und die schwitzenden Wangen an dem tückisch ausweichenden Happen abwischten, ehe es dem elften oder einundzwanzigsten gelang, des bereits gründlich eingespeichelten Bissens habhaft zu werden. Dieses nicht eben hygienisch zu nennende Spiel erregte indessen damals keine sanitären Bedenken, sondern bloß die ungetrübteste Heiterkeit bei jung und alt, besonders aber bei dem mit glühenden Wangen neidvoll zusehenden Stadtkinde, das freilich viel zu ungeschickt und schüchtern gewesen wäre, um sich an derartigen urwüchsigen Konkurrenzen zu beteiligen. Ihm winkte dafür nach manchem unbeholfenen Eselstritt und manchem verfehlten Windbüchsenschuß auf Trommler und Trompeter der Schießbude eine Schinkensemmel und ein Seidel Abzugbier in der Buschenschenke der Festwiese. Das waren an sich gewiß keine besonderen Genüsse, und dennoch: nie wieder seither haben Schinkensemmel und Bier so herrlich geschmeckt wie damals! Es war, als hätten sie von dem kühlen, würzigen Kräuterdufte der nachmittägigen Waldwiese angezogen und als äße und schlürfte man dieses köstliche Arom als etwas Körperliches mit. Dann sank allmählich der zögernde Abend des Mittsommers heran, die bekannten Sternbilder erhoben sich zart über die immer dunkleren Wipfel, Hornsignale stiegen allenthalben aus der tief dämmerigen Wiese auf, über die sich ein leichter blauer Schleier abendlicher Feuchtigkeit unversehens gebreitet hatte, und die ganze große Festgesellschaft ordnete sich nun rasch zu einem einzigen langen und breiten Zuge. An der Spitze wieder die Veteranenkapelle, hernach die Feuerwehr, die zum Ordnungsdienste ausgerückt war, und dann, inmitten einer dunkelwallenden Menschenmenge, der zauberhafte Lichtertanz der vielen bunten Lampions! Und unter den Klängen der lieben, unvergeßlichen altösterreichischen Militärmärsche ging es jubelnd und singend wieder der Ortschaft zu. Erleuchtete Gasthausgärten nahmen dort die Erwachsenen auf, der Duft zwiebelgewürzter Speisen vermengte sich prosaischappetitlich mit den poetisch-schwülen Gerüchen der Linden und des Jasmins, und bis tief in die Nacht hinein lauschte man aus seinem Kinderbette auf ferne Geigen- und Ziehharmonikaklänge, die der Wind bald leiser, bald stärker durchs offene Fenster in die Stube trug.

Das Fest ist aus, und so sei denn Abschied genommen nicht nur von ihm, sondern auch von den Erinnerungen an Pötzleinsdorf und an jenen Abschnitt der Kindheit, der damals seligste Wirklichkeit war. Die vier Jahrzehnte, die seither verflossen sind, bedeuten viel im Leben eines Menschen und wenig für die Dinge der Natur und für alles, was als Menschenwerk gleichsam ein Teil von ihr geworden. Das alte Pötzleinsdorfer Pfarrkirchlein, das schon manchen Wandel der Zeiten mitgemacht haben mag, wird vermutlich noch viele Jahrhunderte überdauern, und die gotischen Dorfbürgerhäuschen, welche den Kern der Altsiedlung bilden, wird die Zerstörungswut der Erneuerer und Spekulanten hoffentlich noch lange verschonen. Ganz gewiß unverlierbar aber bleibt wohl noch für unabsehbare Läufte die zart und lieblich hingeschwungene Linie der Pötzleinsdorfer Hügel und Berge. Mögen ihre Wälder auch immer wieder schlagreif werden und der Axt anheimfallen, sie werden auch immer wieder aufgeforstet werden, und wenn schon einmal die Menschenhand dabei versagen sollte, so wird die alte

Erde kraft eigenen Schöpferwillens neue Schösse aus den Wurzeln treiben und die sonnigen Blößen überwuchern mit der holden, duftenden Wirrnis von Sträuchern, Kräutern und Beeren. Und das Auge, das etwa von der Höhe des Belvederes oder gar von der Türmerstube des Stephansdomes dem Zuge der Hügel vom Leopoldsberge bis zu den Dornbacher Höhen folgt, wird nicht allzusehr merken, ob dort oben Wälder stehen oder bloß der junge, wilde Anwuchs, den Gott gesät hat. Wir haben's nach dem großen Kriege erlebt, als die Verzweiflung der Darbenden und Frierenden Hand anlegte an die Schattenpracht des Wienerwaldes, und erleben es bereits heute, daß sich die Wunden von damals, wenigstens fürs Auge, wieder zu schließen beginnen. Es geschieht ja alles, was uns begegnet, nur in dem winzigsten Bruchteile von einem einzigen ganz kleinen Atemzug der Ewigkeit. Das Antlitz der Erde verändert sich nur ganz unmerklich im Laufe eines Jahrtausends, das unsere aber in kaum einem halben Jahrhundert?! Die ungefähre Antwort auf dieses melancholische Fragezeichen sei für heute ein kleines Gedicht, das mir der Münchner Meister Clemens von Franckenstein vor vielen Jahren einmal gar holdselig in Töne gesetzt hat. Es heißt »Kinderaugen« und lautet:

Kinderaugen, wie Seen rein,
Von lenzenden Ufern umschlossen,
Perlen, in die ein flüchtiger Schein
Himmlischen Leuchtens gegossen.

Kinderlippen, wie Blüten hold,
Heimlichem Reifen gesegnet,
Kindertränen, heiliges Gold,
Das auf Blumen regnet.

Kinderfragen, so hell und klug,
Süßer Torheit Geläute,
Nennt mir den Weisen, der weise genug,
Daß er sie alle deute!

Kinderwünsche, wie Segler im Meer,
Und Wunder an Ihren Borden –

Kinder! Wie lange ist das her,
Und was sind wir geworden!

Geistliche Feste und weltliche Gebräuche

Der Christ, insonderheit der katholische, wiederholt in jedem Jahre zwischen Mariä Geburt und Fronleichnam den Lebens- und Leidensweg seines Herrn und Heilands, indem er die Feste, die ernsten und freudigen, begeht, die ihm die Kirche gleichsam als Meilenzeiger an jene *Via dolorosa sive triumphalis* eingesetzt hat. Weil aber zu allem, was der Mensch selbst in noch so frommer Absicht tut, auch der Teufel, wie man bei uns in Wien sagt, seinen Kren dazu gibt, so ist es mit der Zeit vielfach so weit gekommen, daß das weltliche Beiwerk der heiligen Feste deren überweltlichen Sinn überwuchert. Genau so, wie es der wilde Efeu bei dem kraftstrotzendsten Baume dahin bringt, daß er alles Eigenleben einbüßt, um schließlich, abgestorben, seinem Blutsauger als Stütze zu dienen. Ja, mehr noch als dies! Der Sinn mancher geistlicher Gedenktage hat sich mitunter fast in sein Gegenteil verkehrt, zumindest was die Art betrifft, in der sie gefeiert werden. Die Nacht, in der unser Erlöser in Armut und Niedrigkeit geboren wurde und bei Ochs und Esel in einem bescheidenen Futterkripplein lag, pflegt dadurch begangen zu werden, daß, wer es kann, ganze Basare von lauter höchst kostspieligen und unbescheidenen Sachen aufstapelt und daß alle Fähigkeit, sich zu freuen, von der Heilsbotschaft der Engel auf jene Dinge der Weltlust abgelenkt wird. Und wenn um die Mitte dieser Nacht in einer Großstadt die Christmette abgehalten wird, so freuen sich darüber am meisten die Taschendiebe, die bei solcher Gelegenheit in anderer Weise als der heilige Apostel Petrus ihre Fischzüge ausführen, indem sie den Leuten, die auch nicht so sehr wegen des *Gloria in excelsis Deo* als wegen der nächtlichen »Hetz« zur Kirche gekommen sind, die Börsen und Brieftaschen ziehen. Was aber gar die Fasttage anbelangt, an denen der Christenmensch den Leibgurt enger schnallen und zumindest nichts Warmblütiges verzehren sollte, so hat Satanas dem Gebote zum Spott hier sein Meisterstück vollbracht, indem er speziell für die Wiener den gebackenen Karpfen erfunden hat, den diese mit bei weitem sündhafterer Gaumenlust schnabulieren, als sie ihr wochentägliches Rindfleisch verzehrt haben würden, obwohl sie auch bei diesem die Hoffart so weit treiben, daß jeder echte Wiener auf sein besonderes »Gustostückerl« versessen ist wie der Teufel auf eine arme Seele. Wozu noch zu bemerken wäre, daß alle diese Gustostückerln ihre eigenen, oft geradezu babylonisch klingenden Namen wie Beiried, Hieferschwanzl oder Kruspelspitz führen, Namen, die der eingeschworene Rindfleischesser mit nahezu fetischistischer Zärtlichkeit auf die Zunge nimmt. Der gebackene Karpfen aber am Heiligen Abend und am Karfreitag, in der rituellen Zusammenstellung mit Erdäpfelsalat, bleibt für den Wiener der Gipfel der fastenwidrigen Sinnenfreude und ist dergestalt so recht das Symbol dafür, wie man den Teufel durch Beelzebub austreibt und wie die Menschen allerwegen den vermaledeiten Ast so heranzubiegen wissen, daß ihnen die verbotene Frucht recht bequem in den Mund hängt und sie nachher sagen können, der Apfel und nicht, der nach ihm geschnappt, sei am Sündenfalle schuld gewesen. So wird es wohl überall auf der Welt sein und nicht nur in Wien, und somit, liebe Landsleute: Nichts für ungut!

Wenn ich den Anfang der Zeit, in welche die meisten christlichen Erinnerungstage fallen, auf das Fest Maria Geburt verlegt und als deren Ende Fronleichnam bezeichnet habe, so möchte dies dem Kenner des Kirchenjahres und seiner Feiertagssymbolik recht willkürlich erscheinen, und so ist es auch. Und dennoch hatte ich meinen guten Grund dafür. Denn ich schreibe diese Betrachtungen nicht als Liturgiker, sondern vom Gesichtspunkte meiner Kindheit aus, und für diese galt als Anfang der Periode, in der einem Feste erst so recht zum Bewußtsein kamen, der Beginn jenes alljährlichen Leidensweges, den man das Schuljahr zu nennen pflegt, während Fronleichnam dessen baldiges Ende aufs freudigste vorausfühlen ließ. Kommen dann doch nur mehr Peter und Paul am 29. Juni! Da aber war einem schon alles »wurscht«; denn entweder man hatte seinen »Sechser« in Mathematik bereits, oder man hatte ihn nicht. Zu ändern war da nichts mehr, und in dieser fatalistischen Stimmung ging das Fest der Apostelfürsten genau so gut unter wie Mariä Himmelfahrt am 15. August im Freudenüberschwange der Sommerferien. Während dieser bedeuteten schon bei weitem mehr: der Annentag am 26. Juli und Kaisers Geburtstag am 18. August. Ersterer, weil da vom sinkenden Abend an bis tief in die Nacht hinein Raketen vom Kahlenberg aufstiegen, der letztere, weil es da in jeder Sommerfrische auch Feuerwerk, Lampions und ein besseres Essen gab, und vor allem deshalb, weil dies der einzige Kaisertag des Jahres war, an dem einen keine Schule der Welt zwingen konnte, in beschämender Paarweisheit zur Kirche zu gehen. Nun aber zu den Festen und zu dem, wie sie in meiner Kindheit gefeiert wurden, selbst!

Das erste im Schuljahr war das des heiligen Leopold, des Landespatrones von Niederösterreich. Darüber aber kann ich aus meiner frühen Erinnerung nichts aussagen; erstens weil man in jenen altmodischen Läuften Kinder aus »besseren Familien« zu dem heidnischen Kult des »Faßlrutschens« in Klosterneuburg nicht mitgenommen hat, und zweitens, weil es auch überflüssig ist, darüber etwas auszusagen. Denn die angeheiterten Spießbürger der Achtzigerjahre dürften sich dabei nicht viel anders benommen haben als die jetzigen; nur daß diese es nicht mehr so nötig haben, zum Faßlrutschen zu fahren, da ihnen die heutige Mode das Vergnügen, den Damen bis über die Kniee hinauf zu sehen, weit müheloser gestattet.

Das nächste Fest im Schuljahr war der 2. Dezember, der Tag des Regierungsantrittes des Kaisers. Es zeichnete sich, besonders für den Gymnasiasten, dadurch aus, daß an seinem frühen Morgen die gefürchteten Herren Professoren in ihren Staatsbeamten-Galauniformen mit Dreispitz, goldenen Aufschlägen und Galanteriesäbel zum Festgottesdienst erschienen, was die grimme Komik dieser Schreckgestalten für die grausame Beobachtungsgabe der Knaben um ein Beträchtliches erhöhte. Wir hatten unter ihnen einen für Geschichte und Geographie, der in früheren Tagen das Leben der Südseeinsulaner erforscht hatte. Ehre übrigens seinem Angedenken! Denn er konnte, wenn der Vater des Schülers eine höhere Rangklasse bekleidete als er – und dieses Glück hatte ich durch alle acht Jahre! – sehr wohlwollend sein. An Kaisertagen aber pflegte er mit einer solchen Tracht exotischer Orden geschmückt aufzutreten, daß er einem Preisboxer ähnlicher sah als einem Pädagogen.

Das nun folgende Fest des frühen Winters war und ist das des heiligen Nikolaus, in Wien kurzweg »Der Nikolo« genannt. Es wurde damals nicht viel anders begangen, als wir es noch heute unseren Kindern bereiten. Heiliger und Satanas, jener mit wallendem Wattebart als Bischof, dieser mit roter Stoffzunge und Rute, einem Rauchfangkehrer nicht unähnlich, erschienen am Nachmittag des 5. Dezember, wenn es schon finster war, unter Kettengerassel für die Schlimmen und mit allerhand Süßigkeiten für die Artigen in der Stube der Kleinen. Heute in der Zeit der Halbwattlampe dürfte dieser Zauber selbst bei den Jüngsten nicht mehr allzusehr verfangen; damals aber brannte noch die Petroleumstehlampe, mehr Dämmerung als Licht verbreitend, vom Kasten herab, und wenn man etwa noch nach der Bescherung auf einen Spaziergang mitgenommen wurde, so war die Stadt plötzlich voller Buden geworden. Sowohl um St. Stephan als auch um die Kirchen der Vorstädte standen sie herum, den Zelten von Magiern und Sternguckern vergleichbar. Die scharlachrote Glut flackernder Kienspäne und die blasse offener Kerzen übergeisterte die bunten und wohlriechenden Gebirge jenes Backwerkes, das man in Wien und Österreich Lebzelten nennt, und dieser Duft nach Zuckerguß und zarten Gewürzen vermischt sich am Nikolotage zum erstenmal im winterlichen Jahre mit jenem der Wachslichter und Tannenbäume, die in der Nachbarschaft der Buden von da an zum Verkaufe ausgestellt zu werden pflegen. Das macht den heiligen Nikolaus zum rechten und echten Vorläufer des Christkindes, und war der eine gnädig gewesen, so konnte man immerhin hoffen, daß auch das andere nicht mit leeren Händen kommen werde. Wenn man nur – brav war!

Ja, wenn man nur brav war! Dieses Wort, von Eltern so leicht zu sprechen und von Kindern so schwer zu leben, es war und ist wohl auch heute noch der ewige Kehrreim zwischen dem 6. und 24. Dezember! Wenn du brav bist, so bringt dir das Christkind vielleicht ...! Was denn? – Einen neuen Anzug! Das regte nicht besonders auf; denn gerade auf Anzüge legte man im Zusammenhang mit dem Christkinde eigentlich wenig Wert. Ein Paar neue Schuhe! Auch das verfing nicht sonderlich. Einen Hosenträger! Die ersten Taschentücher! Das ließ sich schon eher hören; denn das waren doch wenigstens Embleme der Männlichkeit, des Erwachsenseins! Erst die ganz schwache, durch viele Bedingungen, Einschränkungen und Vorbehalte verklausulierte Möglichkeit, daß es am Ende eine Eskadron Dragoner oder eine Kompagnie bosnischer Infanterie geben könnte, versetzte die kindliche Phantasie in Fieber. Und dann, wenn die Zauberglocke endlich geläutet hatte, wenn die geheimnisvolle Tür aufging und der Märchenbaum mit den stillen, harzduftenden Lichtern, überflittert von Flimmerfäden und Silbersternen, über alle

Träume schön vor einem stand, dann hatte das Bravsein immer gerade nur für die eine oder die andere Unumgänglichkeit ausgereicht, vielleicht auch noch für den Hosenträger oder ein halbes Dutzend Taschentücher. Die Bosniakenkompagnie aber war auf einen Zug zusammengeschrumpft, und die Eskadron Dragoner ...? Da stieg es mitten im Lichterglanz plötzlich in pochenden Wellen aus der Tiefe der Brust, das Herz schien sich mit Weh vollzusaugen wie ein Schwamm, und in den Augen flimmerten mannhaft zurückgehaltene, aber um so heißere Tränen. Die guten Eltern hielten es natürlich für eitel Dankbarkeit und Rührung, in Wirklichkeit aber war's wohl Scham, Zerknirschung, Trotz. Und darum sage ich: einmal im Jahre muß es auch für das Kind die heiligen Hallen geben, in denen man die Rache nicht kennt! Einmal im Jahre muß der Augenblick möglich sein, in dem der Vater nicht der Büttel des Schulmeisters ist, und das Wort »Nichtgenügend« darf nicht fallen in der Nacht, da die Engel den Hirten sangen: »Ehre sei Gott in der Höhe und Friede den Menschen auf Erden, die eines guten Willens sind!« Denn an gutem Willen hat es noch keinem Kinde gefehlt zwischen Nikolo und Christkind.

Indessen, ich bin in den Fehler verfallen, daß ich das Evangelium vor der Epistel gelesen habe, und so kehre ich denn wieder zurück zum Gloria, das diesfalls gleichbedeutend ist mit dem Sonntag, der die Weihnachtswoche einleitet und der in Wien bekanntlich der »goldene« genannt wird. An ihm sind alle Geschäfte von morgens bis abends geöffnet, und er ist es, an dem die Wiener alten Schlages mit den Weihnachtseinkäufen begannen. Daß da jede Familie ihre bestimmten Stammfirmen hatte, bei denen man einzig und allein schon deshalb einzukaufen hatte, weil bereits Eltern und Großeltern dort Kundschaft waren, ist selbstverständlich. So wurde in meinem Elternhause der Lebzelten nur beim »Süßen Löchel« in der Rotenturmstraße, der Weihnachtsstritzel nur beim Hofbäcker Breunig und der Silvesterpunsch nur bei den »Drei Laufern« am Michaelerplatz bezogen, ebenso wie man um die Peregrinikipfeln in die Servitengasse auf dem Alsergrund und um die Mandelbögen zum Trenczensky in die Wollzeile pilgern mußte. Den Sündenbraten aber, durch den man sich neben Gott ein zwar nicht geschnitztes, aber aus Schweineschmalz herausgebackenes Bild machte, um dasselbe am Fasttage anzubeten: den Karpfen pflegte mein Vater als leidenschaftlicher Angelsportler persönlich einzukaufen, und zwar ausschließlich am Schanzel. Und wenn ich »brav« war, durfte ich ihn dahin begleiten. In Wahrheit aber riß ich mich gar nicht so sehr darum; denn ... Doch davon später!

Das Schanzel, im Wienerischen soviel wie kleine Schanze, war ehemals jener Teil der Bastei, durch den in der Gegend der Roßauerlände das sogenannte Schanzeltor zum Donauarm hinunterführte. Adalbert Stifter läßt seine drei Studenten, die von Linz her den Strom herabgefahren waren, ihr Reisegepäck am Schanzel landen, und ältere Einheimische erinnern sich noch, daß dort die Obstschiffer aus Oberösterreich anzulegen pflegten, um ihre Ware an Ort und Stelle im großen loszuschlagen. Mir selbst ist jene Gegend, die man damals so benannte, nur mehr als weihnachtlicher und österlicher Fischmarkt in Erinnerung.

Auf einem schmalen mit Bäumen und Sträuchern bestandenen Uferstreifen zwischen Franz Josefs-Kai und der steilen Grasböschung, die zum Flusse abfällt, waren da in ziemlich willkürlichem Durcheinander viele Stände errichtet, und die ganze Anlage, die dem zufälligen Überbleibsel einer Au nicht unähnlich sah, roch nach Fischen, die, teils noch lebendig, in Bottichen aufbewahrt, teils bereits geschlachtet, auf Verkaufstischen ausgelegt waren. Dieser Geruch nun nach fauligem Wasser und Tang, der Anblick des vielen Blutes, das allenthalben von Hackstöcken und -brettern floß, die Todeszuckungen der Tiere, die man mit Holzschlägeln abschlug, die klaffenden ausgeweideten Leiber, die starren, bösen Augen all dieser silberschuppigen Leichname, von denen man rottriefende Scheiben hackte, verursachte mir ein Grauen und Übelsein, das nur notdürftig durch das Phantastische dieses Marktes gemildert wurde. Denn Fackeln und Windlichter aller Art überflackerten in der frühen Winternacht mit Glut- und Schattenflecken die Gesichter der Händler und ihrer feisten, schreienden Weiber. Grelle Reflexe zuckten und züngelten aus den Pfützen zergangenen Schnees und Spülichts, streiften das Metall der Waagschalen, in die unaufhörlich schwarze, eiserne Gewichte klirrten, und wenn wie zumeist ein scharfer Dezemberwind blies, so hüllte er das ganze Treiben in eine aufregende und gespenstische Musik der knatternden Plachen und ächzenden Zweige. Das Ärgste aber war mir, daß ich den von meinem guten Vater nach langem, sachverständigem Feilschen erhandelten Kadaver, der meist nur lose in braunes, nasses Packpapier eingeschlagen war, nach Hause tragen mußte. Diese väterliche Falschheit, die mein »Bravsein« nur zum Vorwand nahm, um das widerwärtige Paket nicht selber schleppen zu müssen, und die ich sonnenklar durchschaute, erboste mich besonders. Jedenfalls hätte mich am anderen Tage keine Gewalt der Erde dazu vermocht, auch nur einen Bissen vom Fisch oder auch nur einen Löffel von der als Delikatesse verschrienen Fischbeuschelsuppe zu mir zu nehmen. Da mir aber in meinem Elternhause, wie man in Wien sagt, keine »Extrawürste« gebraten wurden, so war ich am Fastenmittag der einzige in der Familie, der wirklich fastete. Dies ist der Grund dafür, daß ich, seitdem ich selbständig geworden, an Fasttagen mit Vorliebe – Fleisch esse und trotzdem nicht minder zur Seligkeit zu gelangen hoffe als sämtliche Karpfenesser Wiens vom Kardinal-Erzbischof abwärts!

Die nächste Freudeninsel im Leidensmeere des Schuljahres war das Osterfest. Zwar, der Fischeinkauf ereignete sich auch vor diesem, war aber einigermaßen gemildert durch die Spannung, mit der man den eigentlichen feierlichen Ereignissen entgegensah. Sie begannen in der Mitte der Karwoche mit den Lamentationen in der Minoritenkirche, zu denen mich der Vater regelmäßig, einer alten Familientradition folgend, mitnahm. Diese Zeremonie, bei der bleiche Mönche in völliger Gebetversunkenheit monotone lateinische Texte sprachen und immer wieder von der Höhe des Chores herab seltsam melodische Gesänge als Antwort erhielten, stand freilich in einem düsteren Gegensatz zu der sonstigen fröhlichen Festlichkeit, die der Gründonnerstag, wenigstens für den Knaben, hatte. Gründonnerstag! War nicht schon dieser bloße Name etwas Mildes, Versöhnendes und Hoffnungsvolles? Und hatte sich dies nicht auch schon in der Speisenfolge des Mittagmahles ausgedrückt? War es doch ausgeschlossen, daß es da nicht eine würzige Kräuterbrühe gegeben hätte, die den verheißungsvollen Namen »Frühlingssuppe« führte! Und in der Tat, in ihrem durch Rahm und Dotter vermilderten Geschmack war das unsäglich beglückende Arom von Löwenzahn-, Primel- und Veilchenblättern, von Kerbelkraut und Sauerampfer, mit einem Wort, das ganze Grünen und Duften der Frühlingswiese und der jungen Erde. Der Suppe aber folgten Semmelschnitten, in Milch geweicht und samt einer Fülle aus Kalbshirn im

Schmalz gebacken, ein Gericht, das im Volksmund »Bofesen« genannt, von der berühmten Katharina Prato ab richtiger – denn es soll seinen Namen bis auf die Schlacht bei Pavia 1525 zurückleiten! – »Pafesen« geschrieben wird. Dazu war junger Spinat ebenso unerläßlich wie zum warmen Schinken am Ostersonntag.

Am Morgen des Karfreitages fand und findet in allen Kirchen Wiens die symbolische Grablegung des Erlösers statt. Die Glocken läuten nicht, denn sie sind bereits am Gründonnerstag, wie man zu Wien sagt, nach Rom geflogen, und man sollte glauben, daß dies ein Tag der Einkehr wäre für alle, ein Tag, an dem jede weltliche Neugier und alle Lust, sich selbst zur Schau zu stellen, zu schweigen hätte. Das war jedoch schon zu Stifters Zeiten nicht so, und auch im Wien meiner Kindheit war es anders. Denn den Höhepunkt des Kreuzigungstages bildete – zwar unter dem frommen Vorwande des Gräberbesuches! – eine höchst mondäne Veranstaltung: der sogenannte Karfreitagsbummel von der Kärntnerstraße über den Graben auf den Kohlmarkt und wieder zurück. Und da war zwischen vier und sechs Uhr nachmittags alles vereinigt, was in Wien Rang und Namen hatte oder als schlichter Bürger seine Zugehörigkeit zur großen Familie aller Wiener betonen wollte. Selbst die Herren Erzherzoge, die man sonst nur in goldrädrigen Wagen aus ehrerbietiger Entfernung zu erblicken gewohnt war, gingen an diesem Tage wie andere Sterbliche zu Fuß und mischten sich leutselig unter das Volk. Der echte Wiener von damals war entzückt, diesen durchlauchtigsten Gestalten wenigstens einmal im Jahre so gemütlich zu begegnen, sprach von ihnen mit ihrem Vornamen und zeigte sie seinen Kindern. Was ihn jedoch nicht hinderte, die Skandalchronik, die fast jeden dieser Auserwählten mit dem Wohlduft sardanapalischer Gerüchte umgab, genau zu kennen und gelegentlich mit ehrerbietig gekitzelter Entrüstung durchzuhecheln. Nach den Mitgliedern des Erzhauses, des hohen Adels und der Regierung kam für ihn aber sogleich und unmittelbar die von der Sonne der allerhöchsten Gunst bestrahlte Planetenwelt der beiden Hoftheater, und auch von ihr fehlte an diesem Tage keiner der Sterne. Den Darsteller des König Lear und des Hüttenbesitzers im Gedränge am Ärmel gestreift zu haben, galt da fast ebensoviel, als von einem Prinzen des kaiserlichen Hauses im Vorübergehen eines Lächelns gewürdigt worden zu sein. Aber abgesehen von diesen Kindlichkeiten eines noch patriarchalisch zu seinem Glück und Unglück gegängelten Volkes – am Nachmittag des Karfreitag war das damalige Wien sicherlich die eleganteste Stadt der Welt. Welch eine Fülle von adeliger und bürgerlicher Schönheit bewegte sich da über das Pflaster des Grabens wie über das Parkett eines Salons! Die Damen trugen gleichsam große Hoftrauer um den König der Könige, und das Schwarz stand den hübschen oder doch noblen und unverschminkten Gesichtern von damals entzückend. Zudem waren die Gespräche der Promenierenden, bei aller Lebhaftigkeit des gegenseitigen Begegnens und Begrüßens, taktvoll gedämpft. Überhaupt hatte man während des Karfreitagbummels das Gefühl einer großen, fast feierlichen Stille. Das kam wohl auch daher, daß es während seiner Dauer fast keinen Wagenverkehr gab. Nur das gesammelte Schlürfen vieler Tausender von Schritten klang mit den unzähligen gehaltenen Stimmen zu einem merkwürdigen Summen zusammen, das dem fernen Geräusche einer Brandung oder eines Wasserfalles glich. Der Duft von Zigaretten, Veilchensträußen, feinen Parfüms und Frühlingsluft webte darüber wie eine zarte Wolke, und aus den offenen dunklen Toren der Kirchen, in denen die Heilandgräber zum frommen Besuche luden, mischten sich schaurige Kühle und der Geruch von Wachskerzen und Weihrauch darein. Den Höhepunkt des Osterfestes aber bildeten damals die Auferstehungsfeierlichkeiten in der Hofburg und bei St. Stephan, und wer da ein echter und rechter Wiener war, wußte es so einzurichten, daß er beiden beiwohnte.

Am Karsamstag pflegte mich mein Vater bereits um drei Uhr nachmittags auf den äußeren Burgplatz zu führen, und wenn die Ostern in den späteren Frühling fielen, so ward schon dieser Platz als solcher zum unvergeßlichen Erlebnis. Tausende von roten Blütenkerzen brannten auf den grüngoldenen Kronleuchtern der Kastanienalleen, die dieses mächtige Gevierte von Rasenflächen und Kiesplätzen umstehen; in überschwenglicher Fülle blühte und blüht dort auch heute noch der Flieder; durch die goldenen Lanzenspitzen des Volksgartengitters drängten Goldregen und andere wohlriechende Frühlingssträucher, und Hunderte von feiertäglich gestimmten und gekleideten Menschen, über deren Gruppen die roten, blauen und grünen Luftballons der Kinder wie lustige Heiligenscheine schwebten, verwandelten den zartübersonnten und nach junger Erde duftenden Platz in eine einzige große Festwiese. Über allen Häuptern aber schienen die beiden schwarzen Reitergestalten des Erzherzogs Karl mit der Fahne von Aspern und des Prinzen Eugenius aufeinander zuzusprengen.

Um Schlag vier, wenn die Uhr im inneren Burghofe das Zeichen gab und die Türme des Rathauses, der Minoriten, von St. Michael und von den Augustinern feierlich Antwort geklungen hatten, begann dann die Auferstehungszeremonie in der Hofburgkapelle; die Ehrenkompagnie, die beim Denkmal des Napoleonbezwingers in Paradeuniform mit Eichenlaub auf den Tschakos aufgestellt war, gab auf Signale, die sie aus einem Fenster der Hofburg empfing, zu den Höhepunkten der heiligen Handlung Generaldechargen ab, und die unzähligen Hunde aller Rassen und Größen, welche die Rasenfläche des Heldenplatzes schon damals mit ihrem kunterbunten Liebesleben zu bevölkern pflegten, quittierten diese Gewehrsalven mit einem vielstimmigen Gebelle und Geheule. Um fünf Uhr war dann die Zeremonie in der Hofburg vorüber, und es begann – worum all die Hunderte stundenlang gewartet hatten – die eigentliche Sehenswürdigkeit dieses Nachmittags: der Abmarsch der Truppen und die Abfahrt der Wagen. Beide erfolgten über die breite Avenue, welche die Hofburg mit dem äußeren Burgtore verbindet. Regiment um Regiment zog da mit klingendem Spiele vorüber; das Pflaster dröhnte vom Paradeschritt der Bataillone, und der Schnarrposten beim äußeren Burgtor rief immer wieder mit seinem langgezogenen »Gewehr heraus!« die Wache zur Ehrenbezeigung für die vorübergetragenen Fahnen auf. Dann, nachdem der Heerbann abgezogen war, vollzog sich die Abfahrt der Wagen. Es waren dies vor allem die Galakarossen des hohen Adels. Sechsspännig und von edelstem Zuchtblut gezogen, bewegten sich die schweren und pompösen Fahrzeuge mit ohrenbetäubendem Gerassel den Hofstallungen zu. Ein gutes Stück altösterreichischer Geschichte rollte da vorüber und lebte für Augenblicke in den Namen auf, die in der schauenden Menge von Mund zu Mund gingen. Da waren, nebst den nicht minder vertrauten ungarischen Geschlechtern, die österreichischen und böhmischen der Auersperge und der Liechtensteins, der Trauttmansdorffs und Clam-Gallas, und der Wiener von damals erkannte sie bereits an den Wappenfarben, in denen die Pferde geschirrt und die Wagen verziert waren. Auf weit ausladenden Federungen wie zur Zeit der Postkutsche schaukelten die Glaskasten der Karossen, in denen die Mitglieder jener Familien als goldstrotzende Hofwürdenträger oder Generale saßen. Spanisch livrierte Kutscher zügelten die glatt und üppig in ihrem funkelnden Gurtenwerk tänzelnden Rosse, und auf den Lakaientritten standen buntuniformierte Heiducken mit weißen Perücken und Kopfbedeckungen wie aus den Tagen des Prinzen Eugen. Wenn die Vorbeifahrt der Wagen vollendet war, folgte zum Schlusse der Abzug der Burggendarmerie und der Garden in ihre Kasernen; rasch löste sich das Menschenspalier auf, der äußere Burgplatz leerte sich, und was noch Füße hatte zu gehen und zu stehen, begab sich auf dem kürzesten Wege zu St. Stephan, wo um sechs Uhr die »Bummerin«, die aus dem Erze der eroberten Türkenkanonen gegossene Riesenglocke – die damals nur dieses eine Mal im Jahre angeschlagen wurde – die Auferstehung des Herrn einläutete.

Dies waren die Ostern im Wien meiner Kindheit, und so wurden sie noch begangen bis in die ersten Jahre des Weltkrieges hinein. Ihnen folgten, ehe es in die Ferien ging, nur mehr die Pfingsten mit den geschmückten Wagen der Firmungswochen, der Blumenkorso der eleganten Welt in den Prater, die Frühjahrsparade der Wiener Garnison vor dem obersten Kriegsherrn auf der Schmelz und, als letzte und imposanteste Entfaltung monarchischer und sakraler Pracht der Fronleichnamsumgang in der Inneren Stadt, und nur noch von ihm will ich erzählen.

Fronleichnam, das Fest der Eucharistie, bei dem die wunderbare Verwandlung des Brotes und Weines in den Leib und das Blut Jesu Christi von den Gläubigen der katholischen Kirche verehrt wird, erhielt damals seinen besonderen Glanz dadurch, daß die apostolische Majestät in eigener geheiligter Person im Triumphzuge des Allerheiligsten einherschritt. An diesem Tage war daher – woferne er von schöner Witterung, die man Kaiserwetter nannte, begünstigt war – ganz Wien vom frühesten Morgen an auf den Beinen und strömte sonntäglich gekleidet aus allen Vorstädten und Umgebungen der Inneren Stadt zu, um sich dort an geeigneten Plätzen in dichten, von Truppen eingedämmten Spalieren aufzustellen. Dieses Wandern und Treiben pflegte bereits mit Sonnenaufgang zu beginnen; denn schon um Punkt sechs Uhr fuhr der Kaiser im zwölfspännigen, von milchweißen Lipizzanern gezogenen Hofgalawagen von der Burg nach St. Stephan, wo zunächst ein feierliches Hochamt zelebriert wurde. Währenddessen besetzte ein Publikum aus den vornehmen oder doch wohlhabenden Kreisen Wiens (aber auch der Provinzen und des Auslandes!) sämtliche Plätze an den Fenstern, welche auf die von den Heidentürmen überragte Westfront der Kathedrale herabsehen. Bis in die obersten Stockwerke blühte da ein verschwenderischer Flor von hellen, zarten Frühlingsfarben duftiger Toiletten in den Hunderten von weißen Rahmen, als quöllen allenthalben Blumen aus den grauen Fassaden, und dies übrigens nicht nur auf dem Stephansplatze, sondern in allen Straßen, durch welche die Prozession ihren Weg nehmen mußte. Es war ein entzückender und unvergeßlicher Anblick!

Etwa um sieben Uhr wurden dann die ersten Kirchenfahnen unter Orgelklang und großem Geläute aller Glocken in dem dunklen, spitzbogigen Ausschnitte des Riesentores sichtbar, und der Zug, von den Abordnungen sämtlicher Wiener Pfarren eröffnet, bewegte sich über den Stock im Eisen-Platz in die Kärntnerstraße, um durch die Augustinerstraße auf den Michaelerplatz und von dort über den Kohlmarkt und Graben wieder zur Metropolitankirche zu gelangen. Wobei seine Ausdehnung so gewaltig war, daß, wenn die Letzten der Prozession den Dom eben verlassen hatten, sich deren Spitze ihm bereits wieder näherte. Ihrer genauen Ordnung und Reihenfolge kann ich mich nicht mehr erinnern; aber der Gesamteindruck, daß der Fronleichnamsumgang von damals dem Aufgebote aller weltlichen und geistlichen Machtsymbole des Habsburgerstaates gleichkam, ist mir geblieben. Jedoch auch die Vergangenheit schritt in ihm einher. Die Weltreichepoche des Erzhauses war durch den spanischen Pomp der Hofwürdenträger und -chargen, die teils zu Pferd und teils zu Fuß an der Zeremonie teilnahmen, angedeutet. Das Mittelalter schien durch die vielen Mönchs- und Priesterorden vertreten, deren Mitglieder in schwarzen, braunen und weißen Habiten, den Blick nach innen gerichtet und demütig gesenkten Hauptes, paarweise vorüberzogen; die Gegenwart aber kam durch alle jene zu Wort, die, zumeist in irgendeiner Form am Imperium des Staates teilnehmend, durch inländisch-weltliche Orden ausgezeichnet waren. Ihre ernsten goldbetreßten Galauniformen oder Hofkleider wetteiferten allerdings vergeblich mit dem bei weitem farbenfreudigeren Prunk, den die Angehörigen der bewaffneten

Macht zu entfalten vermochten; und der Wiener Gemeinderat, dem der Bürgermeister und die Vizebürgermeister mit ihren goldenen Halsketten voranschritten, bildete mit den schmucklosen bürgerlichen Festkleidern der Stadtväter ein für damals fast allzuschlichtes Glied in der ununterbrochenen Kette prächtigen Vorüberwallens.

Indessen all dies war bloß die Einleitung und Vorbereitung des Eigentlichen! Wer, wie ich dies zu tun pflegte, die Prozession etwa in der damals noch viel engeren Zeile des Kohlmarktes erwartete, der ließ diesen ihren ersten Teil auch noch mit einer gewissen Gelassenheit an sich vorüberziehen. Erst wenn vom Altare auf dem Michaelerplatz her die Generaldecharge als Ehrenbezeigung für das Evangelium aufgedonnert hatte, wußte er, daß sich der Höhepunkt des Schauspieles ihm nähere. Denn da brach dort zu den Klängen des Tedeums ein solcher Jubel von Fanfaren aus, wie er nur dem Göttlichen, das heute in Gestalt des heiligen Schaubrotes durch die Straßen getragen wurde, gelten konnte. Und da ging auch schon ein Ruck mehr oder minder frommer Neugierde durch die wartend zusammengepferchte Menge; die Offiziere kommandierten den spalierbildenden Soldaten »Habt acht!«, so daß sie dastanden wie in Erz gegossen, und in der Gegend der Manzischen Hof- und Universitätsbuchhandlung wurde, über die entblößten Häupter Tausender hinweg, das schwankende Dach des »Himmels« sichtbar. Schon nahte jetzt der gedämpfte Taktschritt der Ehrenkompagnie, die in funkelnagelneuer Paradeadjustierung und prachtvoller Haltung einhertrat, schon folgten ihr die Choralmusik, von Posaunen geblasen, das Domkapitel von St. Stephan, viele purpurne Kirchenfahnen und der silberne Dreiklang der Ministrantenglöcklein! Dann aber – von vielen Priestern in goldenen Dalmatiken umdient, von Garden mit gezogenen Säbeln und Hofbediensteten mit brennenden Wachskerzen geleitet – nahte in einer Wolke aus Kerzenduft und Weihrauch der Baldachin, unter dem der Kardinal-Fürsterzbischof von Wien im goldenen Pluviale, das Allerheiligste in damastumhüllten Händen vor sich hertragend, dahinschritt. Dem Venerabile aber folgte unmittelbar und in einem ausgesparten Räume allein – angetan mit der Marschallsuniform, den grünbefederten Generalshut in der Linken am Griffe des Säbels – der Kaiser. Ihm schlossen sich in ehrerbietigem Abstande die Mitglieder der österreichischen und der mit Ungarn gemeinsamen Regierung an, ferner die Generalität, die Mitglieder der hohen deutschen, magyarischen, böhmischen und polnischen Adelsgeschlechter in ihren farbenfrohen und kostbaren Nationalkleidern, Angehörige des Malteser- und Deutschen Ritterordens, mittelalterlich gerüstet, und dann noch viele andere hohe Funktionäre und Würdenträger. Den Beschluß aber bildeten österreichische und ungarische Leibgarden zu Pferd, die ununterbrochen auf langen silbernen Trompeten den Generalmarsch bliesen, und damit war der Fronleichnamsumgang vorüber. Eine hungrige und durstige Menge verlief sich rasch, teils nach Hause, teils in die Gastwirtschaften der Inneren Stadt, und eine Viertelstunde später ergoß sich bereits wieder das profane Leben in Gestalt von allerhand Fuhrwerken und vieler sich feiertäglich ergehender Menschen in die von der Absperrung befreiten Straßen.

Was nun aber dieses grandiose Schauspiel, in dem der sichtbare Herr über viele Millionen von Menschen demütig den Spuren des unsichtbaren Herrn über *alle* Menschen folgte, was diese imposante Heerschau über Geschichte und Gegenwartsmacht eines großen und vielsprachigen Völkerreiches einem in Kaisertreue und Vaterlandsliebe erzogenen Knaben von damals etwa bedeuten mochte, muß einer heutigen Generation notwendigerweise unvorstellbar sein. Sie ist darob ebensowenig zu bedauern als sie deshalb glücklich zu preisen wäre. Andere Zeiten, andere Begriffe, Ausdrucksformen und Träger der Macht, die das Gebäude des Staates und der Gesellschaft in den Fugen zu erhalten berufen ist. Freilich, die Symbole dieser Macht – mag ihr Gegenständliches auch bisweilen als überholt in die Rumpelkammer der Geringschätzung geworfen werden! – besitzen ein zäheres Leben als die Theoreme, die sie jeweils sinnfällig zu machen haben. Die Farben und Embleme wechseln, aber die Fahnen, Standarten, Wimpel etc. als solche bleiben! Und wie sie, so bleiben auch die Aufzüge, Aufmärsche und Auftriebe von Menschen, so auf den Plan gelockt werden für Ideen, von denen sie kaum mehr als den trivialen Bodensatz engbegrenzter Vorteilhaftigkeit für sich selbst zu schmecken imstande sind. Für was und wen immer dergleichen veranstaltet wird, es hat doch zu allen Zeiten nur den einen und selben Zweck: jene, die noch nicht klar genug *denken* können, etwas *glauben* zu machen, wodurch sie von anderen, die es bereits im kleinen Finger und faustdick hinter den Ohren haben, leichter gezähmt und (natürlich immer zu ihrem

Besten!) beherrscht werden können. Diese Komödie ist ewig, nur daß sie nicht immer schon in der Zeit, in der das Stück spielt, durchschaut wird. Als ich, kurz nach dem Untergange der österreichisch-ungarischen Monarchie, zufällig einmal in der Direktion eines Wiener Operettentheaters zu tun hatte, gewahrte ich über dem Klaviere des dortigen Empfangsraumes eine mächtige, goldumbortete und mit der großen österreichischen Kaiserkrone gestickte Decke aus Scharlachtuch, die ich sofort als eine Prunkschabracke der ehemaligen berittenen Leibgarde erkannte. Und so war es auch; denn, wie mir ein Beamter des Theaters nicht ohne Genugtuung erzählte, hatte die Direktion alles, wessen sie an Uniformen, Ausrüstungsstücken, Waffen und Instrumenten des früheren Hofdienstes hatte habhaft werden können, in der Zeit des Umsturzes um einen Pappenstiel zusammengekauft und diese Gegenstände, die noch jüngst die Staffage zu manchem staats- oder welthistorischen Ereignis gebildet hatten, ihrem Fundus einverleibt. Man braucht darüber weder zu weinen, noch zu lachen. Schließlich mündet ja vielleicht alles, was in der Welt zu Zeiten als erhaben und mächtig gegolten hat, eines schönen Tages in die – Operette! Das eine früher, das andere später. Die göttlichen Königsbrüder Agamemnon und Menelaos samt ihrem Olymp mußten sich damit gedulden bis auf Offenbach, andere Potentaten werden vermutlich nicht zweitausend Jahre lang darauf warten müssen, und was die Gegenwart betrifft, so wird sie schon auch noch ihren Librettisten finden. Es muß ja nicht gleich sein! Und so fort – *per saecula saeculorum* .

Bäckerstraße, Tanzstunde und erste Liebe

Als ich neun Jahre alt geworden, fanden meine Eltern, daß die Verabreichung von Kopfstücken, die Schmälerung der Weihnachts- und Geburtstagsfreuden sowie der strafweise Entzug des geliebten Abzugbieres allein nicht mehr hinreichten, um aus mir einen Menschen zu machen, sondern daß es zu diesem Ende höchste Zeit sei, mich eine Tanzschule besuchen zu lassen. Was das Abzugbier anbelangt, das im Nebenhause bei einem kleinen Beiselwirt namens Silveri geholt wurde, so darf man sich natürlich nicht vorstellen, daß ich in meinem Elternhause zum Alkoholiker erzogen wurde. Sondern von dem Seidel, das die Großmama zu fünf Deka Schinken und einer Kaisersemmel alle Abende ihres Lebens trank, pflegte ich ein paar Fingerhüte voll mit möglichst viel Schaum in ein kleinwinziges rotes Krügelgläschen geschüttet zu erhalten, und da ich doch meist verkühlt war und Kaltes nicht trinken durfte, so wurde mir das Bier auf dem weißen schwedischen Ofen des Wohnzimmers so lange vorgewärmt, bis der Schaum vergangen und daraus ein Getränk geworden war, das jeden anderen zum Erbrechen gereizt hätte. Mir aber bedeutete Abzugbier selbst in diesem Zustande Nektar und sein Entzug auf drei, acht oder vierzehn Tage eine Züchtigung, die empfindlicher war als Erbsenknien und die Schläge, die ich bisweilen mit dem Bambusstiel des Flederwisches bekam. Aus solch peinlichen Prozeduren möchte der geneigte Leser wohl schließen, daß ich ein recht verkommenes und abgefeimtes Bürschchen gewesen! Ich will das dahingestellt sein lassen, gestehe aber ohneweiteres zu, daß ich ein landläufiges Kind ganz gewiß *nicht* war. Dazu beobachtete ich zu scharf und sah viel zu wachsam hinter den äußeren Schein so mancher Dinge. Und was das Lügen anbelangt, so bediente ich mich seiner nicht nur aus Notwehr und dort, wo mir ein freimütiges Geständnis ohnehin nicht gelohnt worden wäre, sondern ich betrieb es mit einer geradezu schöpferischen Leidenschaft. Bereitete es mir doch ein aus Neugier und Enthüllungsfurcht gemischtes, prickelndes Vergnügen, die Erwachsenen am Narrenseile meiner Phantasie mitunter recht lange und erfolgreich hinter mir herzuziehen. Doch davon vielleicht ein ander Mal. Jedenfalls war es bei so verderbten Anlagen wirklich die höchste Zeit, daß ich – tanzen lernte.

Das Institut, das meine Eltern für mich in Aussicht genommen hatten, war wohl das bürgerlich fashionabelste des damaligen Wien: nämlich jenes der Madame Crombé in der Bäckerstraße. Was man mir aber zum Vorgeschmacke davon erzählte, erfüllte mich mehr mit Angst und Widerwillen als mit Vorfreude. Da würde ich also – so bedeutete man mir – endlich lernen, mich dem Stande meiner Eltern gemäß zu benehmen. Kinder nur aus den besten Häusern würden meine Mitzöglinge sein, und ihnen würde ich die feinen Manieren abzugucken haben. Um mir das entsprechende Auftreten zu erleichtern, würde ich ferner einen neuen blauen Matrosenanzug bekommen, den ich aber nur zur Tanzstunde und ansonsten höchstens bei ganz besonderen Anlässen tragen dürfen würde. Sollte ich indessen die Ruchlosigkeit besitzen, dieses ebenso kostspielige als von mir (bei Gott!) unverdiente Kleidungsstück anzutrenzen oder gar zu durchlöchern, so würde dies – im Zusammenhalte mit meinen übrigen Charaktereigenschaften! – den Beweis dafür erbringen, daß ich zum Mitgliede der menschlichen Gesellschaft nicht tauge, und man würde mich anstatt ins Gymnasium zu einem Schuster in die Lehre geben usf. mit Grazie *in infinitum* .

Das Tanzvergnügen hub also gut an! Indessen, arme, gute Eltern! Um die Ausgaben für meine Menschwerdung in ihrem knappen Budget unterbringen zu können, hatten sie wohl auf manches eigene Vergnügen und Bedürfnis verzichten müssen, und in der Angst, durch mich um die Früchte ihrer Opfer gebracht zu werden, übertrieben sie meine Niedertracht. Dazu kam noch anderes. Mein Vater entstammte einer alten Wiener Beamtenfamilie, die sich aus schlichten gewerblichen Anfängen durch mehrere Geschlechter zu geachteten Stellungen im Dienste ihrer Kaiser emporgearbeitet hatte. Als Schüler der berühmten österreichischen Rechtslehrergeneration um die Mitte des vorigen Jahrhunderts, war er selbst ein Verwaltungsjurist von Rang und konnte sich seinen Sohn nicht anders denn als Fortsetzer dieser ehrwürdigen Tradition denken. Meine Stiefmutter hingegen als die Tochter eines Stabsarztes, der noch die Feldzüge unter Radetzky mitgemacht hatte, war bei Anton Door am alten Wiener Konservatorium im Klavierspiel ausgebildet worden und hatte – um das Maß ihres Bildungsstolzes vollzumachen – in jungen Jahren Schillers Abhandlung »Über Anmuth und Würde« in tadelloses Französisch übersetzt. Beide Eltern aber bekannten sich als begeisterte Wagnerianer und standen dem Kreise nahe, der das Genie Anton Bruckners und späterhin auch Hugo Wolfs früher als andere erkannte und förderte. Nichts war natürlicher, als daß sie auch mich zu ihren gesellschaftlichen und künstlerischen Idealen emporzuzüchten bestrebt waren. Ich aber scheine diesem gewiß nicht unedlen Ehrgeize die kalte Teufelsfaust eines aufreizend plebejischen und bildungsfeindlichen Gehabens entgegengehalten zu haben, und der wohlgemeinte Eifer, mich durch Betonung meiner Minderwertigkeit das Höhere erstreben zu lehren, machte mich nur umso verstockter. Denn wenn ich jemals den Ehrgeiz besessen haben sollte, mich den feineren und besseren Kreisen anzugleichen, so war er mir durch diese elterliche Methode völlig ausgetrieben worden, und die Drohung, mich allenfalls das biedere Handwerk eines Schusters erlernen zu lassen, schien mir gar nicht so schrecklich; ging ich doch mit dem Sohne eines solchen in die Volksschule, und er hatte immer bei weitem schmackhaftere Frühstücksbrote zu verzehren als ich, der Beamtenssohn, der meist nur einen trockenen Patentwecken mitbekam. Was aber meine Manieren betraf, so hatten sie für meinen bisherigen geselligen Verkehr noch immer vollauf genügt: die jungen böhmischen Dienstmädchen, denen ich zumeist überlassen war, pflegten sogar mit einer gewissen Hochachtung auf mich herunterzusehen, da ich ihnen immer gerne behilflich war, ihre Liebesbriefe zu stilisieren, und Herr Sakrafsky, der Hausmeister, der aber im Hauptberufe Polizeimann war, hatte bisher noch nie an mir etwas auszusetzen gehabt und dies mochte bei solch einer gefürchteten Instanz für Ordnung und Sitte doch wohl etwas heißen.

Aber kam ich denn mit Herrn Sakrafsky überhaupt in nähere Berührung? Gewiß tat ich dieses, und zwar ganz gewaltig. Denn sooft meine ahnungslosen Eltern abends ausgegangen waren und länger auszubleiben angekündigt hatten, wurde ich – sobald auch die Großmama wie gewöhnlich bereits um neun Uhr im Bette lag – gewissen Zaubervorstellungen beigezogen, welche der Hausbesorger in der Küche der elterlichen Wohnung angeblich für mich veranstaltete. Da war der Polizist, die grimme und gestrenge Amtsperson, Mensch unter Menschen, saß, seine Pfeife rauchend, in Hemdärmeln und buntgestickten Pantoffeln auf dem Küchenstockerl neben dem offenen Tafelbett, machte die verblüffendsten Kartenkunststücke und Eskamotagen und roch im übrigen nach Knoblauch und Branntwein. Daß ich über all dies außer Rand und Band geriet, brauche ich nicht zu sagen, und die kleine Küche, die durch ein spärliches Petroleumlicht mit Blechreflektor geheimnisvoll genug beleuchtet war, wurde für mich zum magischen Bereiche. Das Allerlustigste muß aber all jenes gewesen sein, was Herr Sakrafsky und die blonde geräumige Küchenmagd miteinander in tschechischer Sprache verhandelten! Denn jene, ansonsten mürrisch und wortkarg, trat in des Polizisten bezaubernder Nähe völlig aus sich heraus und befliß sich eines ganz merkwürdigen, tumultuarischen Lachens, dessen Beweggründe meiner kindlichen Unschuld freilich völlig unerfindlich blieben. Und dann, wenn der Taumel aufs höchste gestiegen war, trat regelmäßig der für mich so schmerzliche Augenblick ein, wo ich unter dem Vorwande, daß nun bald meine Eltern nach Hause kämen, ins Bett geschickt wurde. Herr Sakrafsky umarmte mich mit einer Besorgtheit um meinen Schlaf, die ich erst heute in ihrer ganzen, abgründigen Perfidie durchschaue, verwühlte vorläufig bloß meine Wangen feurig und zärtlich in seinen fuchsroten Vollbart und fand, daß ich ein allerliebster und folgsamer Bub sei. Das Mädchen aber schob mich eilfertig und, wenn ich nicht gleich gehen wollte, barsch zur Tür hinaus. Dies war die meinen guten Eltern allerdings völlig unbewußte andere Seite meiner gesellschaftlichen Erziehung und, was das Schlimmste daran war, mir gefiel sie bei weitem besser als alles, was man mir von den Vergnügungen der höheren Stände erzählt hatte. Indessen, der Termin der ersten Tanzstunde rückte immer näher, der vielberufene blaue Matrosenanzug war in einem Knabenkleiderhause auf dem Laurenzerbergl bereits gekauft, schlotterte, da er natürlich aufs Wachsen berechnet war, beträchtlich um meine zaundürre Gestalt, und eines Tages, zu Anfang Dezember – nachdem ich am Abend vorher einer zum Familienereignis ausartenden Generalreinigung unterzogen worden war – trat ich unter Bedeckung beider Elternteile, über dem Winterrock noch eingehüllt in einen rot- und schwarzkarierten Plaid, die hochnotpeinliche Wanderung zur Tanzstunde an.

In jene Gegend der Inneren Stadt, wo die Bäckerstraße sich befindet und die, dem *castrum romanum* der einstigen Vindobona, dem Hohen Markte, unmittelbar benachbart, wohl zu den ältesten unserer Vaterstadt zählt, war ich bisher, wenn überhaupt, nur als ganz kleiner Knabe von den Weißgärbern her vorgedrungen, von der Josefstadt aus aber noch nicht. Bewegten sich doch meine gewöhnlichen Spaziergänge nur der Lastenstraße entlang oder durch die Parkanlagen des Rathausviertels, jenseits der Ringstraße aber höchstens bis auf den Hof oder auf die Freyung. Von diesen beiden Plätzen war mir der eine durch den Christkindlmarkt, der andere durch einen Häuserdurchgang vertraut, der mich von jeher gewaltig angezogen hatte: durch den sogenannten Bankbasar. Dort nämlich, in einem ganz kleinen Geschäftchen, bei einem sehr lieben alten Fräulein, pflegte die Großmama ihre wunderbar süße und knusperige Patiencebäckerei einzukaufen, und neben diesem Gewölbe gab es ein anderes, welches ein Halbedelsteinhändler innehatte und das für meine an den Erzählungen aus Tausendundeinenacht entzündete Phantasie genau so aussah, als wäre es unmittelbar aus dem Märchen von Aladins Wunderlampe hieher versetzt. Und in der Tat, konnte es auch etwas Zauberhafteres geben als sein immer künstlich beleuchtetes Schaufenster? Lag da nicht ein buntfarbiger, glitzernder und funkelnder Schatz, weiß Gott welchem bösen Geiste entrissen, dem Blicke des glücklich Verweilenden bloß? Herrlich gebildete violette Drusen von Amethyst und demanthelle von Bergkristall wetteiferten mit allen Arten vielfarbigen Achatgesteins. Aus manchem unförmigen und unscheinbaren Steinstück war dessen phantastisch gemasertes Innerstes durch die Kunst des Schliffes an den Tag gebracht. In einer anderen Etage der Auslage waren viele siegellackrote Carneole, efeugrüne Malachite und purpurdunkle Granate in Ringe, Broschen, Ohrgehänge und allerhand andere Schmuckstücke gefaßt. Goldtopase leuchteten wie edler schwerer Wein, Aquamarine und Chrysoprase wie helle farbige Liköre, die durch die glitzernden Facetten ihrer Gläser und Gläschen schimmern. Was mich aber am meisten anzog, das waren die großen, scheinbar von allem Erdenreste befreiten Stücke des Rosenquarzes, die – obwohl man doch wußte, daß sie totes Gestein seien – so merkwürdig lebendig wirkten, als wären sie Gebilde aus Fleisch und Blut und mit einer unendlich zarten, feuchtschimmernden Haut überzogen. Es hätte mich wahrlich nicht gewundert, wenn sie sich, etwa in der Art gewisser erotischer Schnecken, unter meinen Augen zu bewegen angehoben hätten. Und zu all diesem kam noch, daß durch die schmale Glastür des Geschäftes, die innen mit einem dünnen, roten Stoffe überspannt war, immer (auch bei Tag!) ein geheimnisvoller Schimmer in das ewige Dämmerlicht des Basares herausdrang und daß durch einen seitlichen Spalt des bemeldeten Vorhanges bisweilen ein uralter Mann sichtbar wurde, der, eine Art von Uhrmacherlupe ins Auge geklemmt, stets forschend über etwas gebeugt war. Der Zauberbude, der dieses Geschäft auf ein Haar glich, fehlte also auch der Zauberer nicht, und so war des Schauens und Spähens, sooft ich daran vorbeikam, kein Ende. An jenem Nachmittage aber, der dem Besuche der ersten Tanzstunde galt, ging es an all diesen nicht ganz geheueren Herrlichkeiten genau so rasch und unaufhaltsam vorüber wie an denen des Christkindlmarktes am Hof, der damals bereits aufgeschlagen war. Nur ein einmaliges flüchtiges Durchwandern dieser kerzen- und lebkuchenduftenden Weihnachtswelt ward dem inständigen Bitten und Betteln gewährt, und dann wurden Vater, Mutter und Kind von den düsteren, schrittewiderhallenden Torfluren und Höfen des alten Kriegsministeriums aufgenommen, um bald darauf in das heitere und hellere Gewühle der Menschen und Wagen unter den Tuchlauben entlassen zu werden. Von da war es zum Ziele nicht mehr allzu weit, und an dem Hause der Milchgasse vorüber, in dem Wolfgang Amadeus Mozart seine »Entführung aus dem Serail« geschrieben, gelangte man nun rasch über den Bauernmarkt auf den Stephansplatz und von dort, wieder durch ein paar düstere Hausdurchgänge, vor den alten Regensburgerhof am Lugeck; und hier öffnete sich denn auch zur rechten Hand ein tiefer, enger, nur von wenigen Gasflammen spärlich durchgeisterter Schacht: die Bäckerstraße.

Dies war nun eine Gegend, die wahrhaftig nichts von jenem Festlichen und Freundlichen an sich hatte, das man mit der Vorstellung von Tanz und Geselligkeit füglich verbindet. Himmelhoch, so schien es mir wenigstens, ragten uralte rußgeschwärzte Häuser zu einem schmalen Ausschnitte des Firmamentes empor, vor dessen sternenloser Dunkelheit ein rötlicher Schleier gespannt war wie unter dem Widerscheine eines fernen Brandes. Daß in einem dieser Häuser einst der gewaltige kaiserliche Feldobrist Wallenstein gewohnt, war mir damals ebensowenig bewußt wie so manches andere, was in späteren Jahren diese Gasse mit allen Lockungen und Verfänglichkeiten der *Venus vulgivaga* sehnsüchtig-abenteuerlich umwitterte. An breitgewölbten, teils edelgezierten Portalen ging es vorbei, die Einblick in tiefe mattbeleuchtete Korridore gewährten.

Hinter gerafften Gardinen einzelner hoher Fenster schien freilich hier und dort Licht und Leben zu sein. Indessen kaum ein Schein und nirgends ein Laut davon drang auf die Gasse herab; niemand begegnete hier, kein Fußgänger, geschweige denn ein Wagen. Kurzum, es war ein Ort, wo die Füchse einander Gutenacht sagen, und wären die Eltern nicht gewesen, ich hätte unfehlbar Reißaus genommen. Da aber hielt der Vater plötzlich vor einem jener laternendämmerigen Torflure; ein ebensolches Treppenhaus empfing uns; breite, sachte, vornehme Steinstufen leiteten empor, und bereits im ersten Stockwerke stand eine hohe, dunkle Tür offen, die Eintritt gewährte in das Tanzinstitut der Madame Crombé.

Wie ich da hineinkam, weiß ich nicht mehr. Ich erinnere mich nur an ein ziemlich düsteres Vorzimmer, angefüllt mit vielen anderen Kindern, mit Eltern, Gouvernanten, Bonnen etc., und daß plötzlich ein weißbeschürztes Stubenmädchen vor mir kniete und mir beim Anziehen der Tanzschuhe behilflich war. Dabei zeigte es sich, daß einer meiner schwarzen Strümpfe ein Loch hatte. Die Mutter errötete bis an die Haarwurzeln, der Vater warf mir einen Blick zu, der mich endgültig zum Schandfleck der Familie stempelte, und mir selber wurde vor Entsetzen schwach ums Herz. Indessen, ehe ich mich noch fassen konnte, fühlte ich mich gedrängt und geschoben und befand mich im nächsten Augenblicke der Inhaberin des Institutes gegenüber.

Madame Crombé war sicherlich eine der reizendsten Damen ihres Jahrhunderts, und es wäre nur recht und billig, wenn alle, die ihr im Leben nahegestanden, ihr Andenken verehrten. Mir aber – Gott verzeih mir die Sünde! – erschien ihre Freundlichkeit wie jene der bösen Großmutter im Märchen, welche die Kinder vorerst mit allerhand guten Sachen füttert, um sie nachher abzuschlachten und aufzufressen. Madame Crombé glich natürlich nicht im geringsten einer alten, häßlichen und kleinhäuslerischen Waldhexe. Im Gegenteil! Aber gerade das erweckte das besondere Mißtrauen meiner allzu regen Phantasie. Immerhin erkerte doch eine gewaltige Nase aus dem blassen und schmalen Raubvogelgesicht der damals schon recht bejahrten Dame; ihre Haltung war steif und automatenhaft, als gestattete ihr der Mechanismus, der sie offenbar in Bewegung erhielt, nur einige wenige streng abgemessene Gebärden, und ihre Frisur hatte die nämliche leblose Ordentlichkeit wie jene der Wachsfiguren im Panoptikum. Als das Allerunheimlichste aber erschienen mir ihre winzigen Füße, die in ganz filigranen Lackschuhen staken und von unwahrscheinlich hohen Stöckeln gleichsam im permanenten Zehenstand erhalten wurden. Wäre nicht ein junger, befrackter, bildhübscher Herr, Monsieur Müller, mit blondem Kaiserbart und lebhaften Gesichtsfarben als Madame Crombés Adlatus gleichfalls anwesend gewesen, die Sache wäre schief gegangen mit mir. Denn die Angst, die ich ohnehin schon empfand, wurde noch übertroffen von einem Gefühle, das mir das Blut glühendheiß in die Wangen trieb und jedes Wort in die Kehle hinabwürgte: von namenloser, unbändiger, elementarischer und an Verzweiflung grenzender Scham!

Da stand man nämlich urplötzlich in einer Reihe mit einem Dutzend anderer Kinder inmitten eines lufterhellen, spiegelglatten Salons, an dessen Wänden ringsherum rote Sammetbänke liefen, und auf diesen, die in der peinlichsten Weise an das Wartezimmer eines Zahnarztes gemahnten, saßen nicht nur die eigenen, sondern auch alle die fremden Eltern. Der Kinderfront gegenüber ragte Monsieur Müller, der bemeldete Adlatus, kommandierte unentwegt »Erste Position!« »Zweite Position!« »Dritte Position!« und sah einem dabei mit stahlhart gewordenen Tierbändigerblicken so unerbittlich auf die Füße, daß der rechte unfehlbar das tat, was der linke hätte tun sollen, und daß dem Klavierspieler immer wieder abgeklopft werden mußte. Da wurde man denn als das räudige Schaf, als das man sich erwiesen hatte, namentlich aufgerufen und einzeln vorgenommen. Und all dies unter dem Kreuzfeuer der ehrwürdigen Lorgnons und unter dem noch viel beschämenderen Gekicher der bei weitem weniger begriffstutzigen kleinen Mädchen, während Madame Crombé die schwer geschlagenen Eltern nachsichtig lächelnd damit zu trösten versuchte, daß es ein nächstes Mal schon besser gehen werde. In diesem Augenblicke tiefster Erniedrigung beschloß ich, etwas derart Ungeheuerliches zu begehen, daß es zu diesem »nächsten Male« unter gar keinen Umständen mehr kommen könne. Lieber wollte ich zu einem Schuster in die Lehre geschickt werden und, wie mir der Vater bei jeder Gelegenheit prophezeite, elendiglich auf dem Miste krepieren; lieber wollte ich in meinem ganzen Leben kein Abzugbier mehr trinken, keinen einzigen Bleisoldaten mehr und keinen Steinbaukasten bekommen, als

daß ich mich jemals wieder an diesen Pranger gestellt hätte! Und
dann – ist es ja doch zum nächsten und abernächsten Male gekommen; und als der Winter zum Ende neigte, war der Zauberlehrling
des Herrn Sakrafsky ein hoffnungsvoller Adept der Tanzkunst geworden, hopste den deutschen und schliff den französischen Walzer, ohne sich mit den Füßen zu verhaspeln, nach Noten, galoppier-
te die Schnellpolka, tänzelte die Française in leidlicher Haltung und
wiegte sich auf das Kommando »Balancez« graziös in den Hüften.
Auch mit eleganter Kniebeuge, ohne dabei auf den Parkettboden zu
plumpsen, einer Dame das Taschentuch aufzuheben, hatte er ge-
lernt und desgleichen die schwierige Kunst, sich in drei Etappen
rücklings zur Türe hinauszubugsieren. Nur die mannigfachen Figu-
ren und Kommanden der Quadrille hat er damals ebenso schwer
begriffen wie im späteren Leben die Theorie vom Grenznutzen und
wie die Formel für die koketten Annäherungsversuche der Asymp-
toten in der analytischen Geometrie. Und trotz dieser hoffnungslo-
sen Unfähigkeit, La Poule, La Trénis und La Pastourelle auseinan-
derzuhalten, war das gesellschaftliche Ziel des Tanzunterrichtes
erreicht, und bereits im Winter darauf wurde der nunmehrige
Gymnasiast eingeladen zu seinem ersten Hausball.

Ich weiß nicht, ob die gemütlichen Wiener Hausbälle die Zeiten-
wende des Weltkrieges überdauert haben und, wenn dies der Fall
sein sollte, in welchen Kreisen und in welcher Art sie heute noch
veranstaltet werden. Damals aber im letzten Jahrzehnte des vorigen
Jahrhunderts (und wohl auch früher und später) waren sie, abgesehen von ihrem Vergnügungszwecke, auch ein starkes Bindemittel
im Sinne der Zugehörigkeit zu einem bestimmten gesellschaftlichen
Kreise, dessen Anschauungen und Geschmack sie von Generation
zu Generation weitergeben halfen. Nicht nur Ehen wurden da förmlich prädestiniert, sondern auch Karrieren begründet, und dies um-
somehr, je einflußreicher die Stellung der Gastgeber war. Dies barg
gewiß die Gefahr der Protektion, des Nepotismus und der gesellschaftlichen Inzucht in sich. Indessen, nicht gesellschaftskritisch
sondern als reines Kindheitserlebnis will ich meinen ersten Hausball im Hause eines damals hochangesehenen Kirchenrechtslehrers
der Universität Wien schildern. Ein Jahrzehnt später bin ich dann
sogar sein Schüler geworden, habe ihm aber die erwiesene Gast-
freundschaft nur übel gelohnt. Denn von der berühmten Bulle » *Si*

quis suadente diabolo « weiß ich heute nichts mehr als den Namen, und auch von den komplizierten Vorgängen bei der Papstwahl habe ich keine Ahnung mehr. Und doch waren dies Prüfungsfragen, auf die der Professor größtes Gewicht legte!

Hausball, Kinderball von 1891! – Durch ein geräumiges Vorzimmer, in dem es bereits nach frischen Blumen, zarten Parfüms und feinen, warmen Speisen verheißungsvoll genug roch, betrat man den gemütlichen Ecksalon des Gelehrten. Allein die Möbel standen darin nicht so, wie sie wohl für gewöhnlich stehen mochten, sondern alles, was nicht niet- und nagelfest war, hatte man an die Wände gerückt, um dem Tanzvergnügen Raum zu schaffen. Da Vater und Sohn zu den frühesten Ankömmlingen zählten, hatte der Ball noch nicht angefangen, und der Klavierspieler saß noch untätig beim weitaufgemachten Pianoforte. Nun aber füllten sich rasch die Gemächer. Viele Erwachsene kamen und noch viel mehr Adoleszenten und Kinder. Schöne und würdige Frauen aller mütterlichen Alter, in Schleppkleidern, mit bloßen Schultern und Armen, strahlten im Schmucke der Blumen und Juwelen; wohlgehaltene Väter trugen diskrete Ordensbändchen oder goldene Kettchen mit vielen glitzernden Miniaturorden im Knopfloch ihres Fracks; hohe akademische, bürokratische und die verschiedensten Adelstitel flogen im eleganten Ballspiel der lebhaften Konversation hin und wider. Eine Welt von Rang, Geltung und Wohlhabenheit tat sich dem Neuling mehr verwirrend als anheimelnd auf. *Das* also waren die Sphären, in die durch Fleiß und Wohlanständigkeit hineinzuwachsen man geboren war! Es tat wohl, den eigenen Vater in ihnen heimisch und gleichberechtigt zu sehen, aber man fühlte auch die ungeheuere Verpflichtung, ihm ja um Gottes willen keine Schande zu machen. Das beeinträchtigte zwar das eigene Vergnügen erheblich, aber es verlieh auch Wichtigkeit und Rückgrat, und besonders dieses letztere hatte man notwendig – den jungen Damen zwischen acht und vierzehn Jahren gegenüber! Du lieber Himmel, wie konnten doch diese tüll- und spitzenumbauschten, Ylang-Ylang-duftenden Püppchen stolz und verächtlich blicken! Die jüngsten trugen zwar noch die Haare offen, andere aber hatten es schon zu dicken, seidenbemaschten Zöpfen gebracht, und wenn eine gar bereits die Locken aufgesteckt hatte, so war es mit ihr rein nicht mehr zum Aushalten. Und doch, welch ein Zauber, welch eine demütigende Anziehung

ging trotz ihrer kalten, abweisenden und oft schmerzhaft spötti-
schen Blicke von diesen kleinen, vielfach französisch parlierenden
Herrinnen aus! Was konnte man dieser mühelos plappernden
Sprachkenntnis entgegensetzen? Selbst die gewiß nicht unbeträcht-
liche Mitteilung, daß alle Wörter auf *-nis masculini generis* seien,
hätte einen bloß lächerlich gemacht. Überhaupt, nichts von allem,
womit man allenfalls hätte aufwarten können, hätte vor diesen
ebenso reizenden als grausamen Richterinnen stichgehalten! Alles
an ihnen war allem an unsereinem überlegen: jeder Blick, jede Bewegung, die Geschmeidigkeit und Sicherheit des Ganges, die Mü-
helosigkeit des Gespräches, ja sogar die Reinheit des Teints! Ihnen
schien eine Haut verliehen zu sein, an der Irdisches wie z. B. Tusche
oder Tintenstift überhaupt nicht haftete. Blütenweiß und flaum-
weich, so wuchsen die rundlich-zarten Hälschen dieser süßen und
höheren Wesen aus Spitzenkrausen und duftendem Seidenzeug
und wiesen nirgends jene verdächtigen Schatten auf, die bei der
eigenen Methode, sich den Hals zu waschen, so schwer zu vermeiden waren. Auch die Händchen der Geschöpfe sahen aus, als wären
sie soeben einem sanften Bade aus Rosenwasser und Mandelmilch
enttaucht, und die Nägel ihrer Fingerchen glichen gleichmäßig ge-
formten Perlen in ihrem schimmernden Ebenmaß, während unser-
einer an den seinen mitunter noch recht kräftig nagte und kaute.
War es da ein Wunder, wenn all diese kleinen, schon von Kindes-
beinen auf den Ehemann dressierten Bürgerinnen über einen hinweg in das große solide Abenteuer mit einem jener Halbwüchsigen
oder gar Erwachsenen blickten, die ihnen in ihren langen Hosen
und tief ausgeschnittenen Westen (womöglich noch dazu umstrahlt
von der Gloriole eines väterlichen Adelsprädikates) unbesehen
ebenbürtiger waren? So stand man denn, von seinem immer noch
viel zu weiten, kurzhosigen Matrosenanzug umschlottert, als der
verkörperte Minderwertigkeitskomplex in irgend einer Ecke des
Salons, hungerte mit fieberheißen Wangen und Augen nach Er-
wachsenheit und Vollgültigkeit in diesem Kreise und blieb, obwohl
zu ihm zugelassen, dennoch ein Abseitiger und Fremder in ihm. Da
übertönten ein paar festliche Akkorde den heiteren Tumult des
Stimmengewirres; das durcheinanderflutende Gedränge ordnete
sich zu Paaren, die Paare schritten eine Weile zum feierlich-feurigen
Rhythmus einer Polonaise im Kreise herum, und dann verstummte
die Musik, alles stand, ein paar Augenblicke atemloser Stille traten

ein, und in sie ertönte nun erst leise und wie von weit her das selige Aufschluchzen eines Walzers. Da löste sich das erste der Paare von der Kette, schwebte graziös umschlungen in die freigehaltene Mitte des Salons, tanzte einmal allein herum, die anderen schloffen an, der Ball war eröffnet!

Ich könnte die Schilderung meines ersten Hausballes mit dieser Eröffnungsszene beschließen. Denn was nun folgte, das war nicht viel anderes als die üblichen Tänze aus der Bäckerstraße, nur daß sie sich hier nicht so schulmäßig abspielten wie unter Monsieur Müllers kritischen Blicken. Aber nicht davon soll jetzt noch die Rede sein, sondern nur mehr von einem ganz anderen, das an jenem Abend als ein unendlich Zartes und Beseligendes in das Leben des einschichtigen Knaben aus der Schmidgasse trat und darin weilte bis an die äußerste Grenze der Kindheit. Ja, noch jenseits dieser, als die ersten Föhnstürme nahender Mannbarkeit den jungen Wipfel zausten und bogen, war es da als ein Nachglanz von Reinheit und Wärme. Und heute, im Nachmittage seines Lebens, weiß der Mann – was immer er auch seither erlebt hat an wogenhintreibender Lust und hafenberuhigtem Glück – daß nichts mehr wieder so über ihn kam wie das überwältigende Gefühl jenes Abends.

Sie hieß Annie und war die jüngste der Töchter des Hauses. Kaum so alt wie der Knabe, der seinerseits wieder der jüngste unter den Tänzern des Abends gewesen sein dürfte, war auch sie noch ein Kind, aber Unschuld, Güte und Lieblichkeit strahlten frei und erwärmend aus den Augen dieses Kindes, und von seinem Scheitel wallte das blonde Gold in seidenen Wellen über die zarten und dennoch kräftigen Schultern. Wieso ich Annie erst an diesem Abende begegnete und nicht schon früher mit ihren beiden älteren Schwestern zusammen in der Tanzstunde, kann ich heute nicht mehr sagen. Auch dafür wüßte ich keine Gründe mehr, warum Annie als einziges unter den Kindern kostümiert war. Aber sie *war* es, und wie das liebe Märchen vom Rotkäppchen schreitet ihre Gestalt durch den frühen, zarten Nebel der Erinnerung. Es ist ja möglich, daß ich sie schon vorher einmal in anderer Umgebung gesehen hatte. Dann aber nur mit jenen Augen, die eben alles flüchtig in sich aufnehmen, was sich in ihren Kristall drängt, nicht aber mit jenen, deren Blick Erlebnis bedeutet und selige Besitznahme von etwas, das man nie wieder lassen mag. Und dies Erblicken kam! Kam an jenem Abend und hat auch heute noch die Kraft, der Zeit zu gebieten, daß sie stillesteht für ein paar Atemzüge, indessen ich ein blühendes Zweiglein befestige am Gnadenbilde meiner ersten Liebe.

Tanz um Tanz war vorübergeflirrt an jenem Abende, und der einschichtige Knabe hatte sich kaum beteiligt an dem Vergnügen, daß ihm nur eines für andere zu sein schien und nicht für ihn. Da – es ging wohl schon gegen Mitternacht! – wurde zur Kotillonquadrille aufgerufen, und alles, was männliche Beine hatte, stürzte und drängte sich in das Vorzimmer, wo ein Bedienter kleine, taufrisch duftende Blumenbouquets aus einem mächtigen Korbe verteilte. Auch der Knabe hatte sich drei davon, wenn auch als letzter, erobert und begab sich, vor Erregung und Erwartung bebend, zurück in den Saal. Da hatte die Quadrille bereits begonnen und glich mehr einem übermütigen Durcheinander als einem so streng geregelten Tanze. Wie aber waren all diese Paare und Gegenüber zusammengekommen? Hatte der Knabe versäumt, sich eine Tänzerin zu wählen? Oder war das Wahlrecht von den Damen ausgeübt worden? Er wußte es nicht, konnte es nicht fassen. Und alle Mädchen hatten ihre Blumenspenden schon erhalten, und allen Tänzern schmückte bereits der bunte und glitzernde Tand der kleinen seidenen Maschen und goldpapierenen Sterne die Brust! Nun löste sich die Quadrille in die wilde Jagd eines Galopps auf, der auch die Nebenräume durchtobte, bis die Musik ihren Höhepunkt erreichte und mit einigen besonders rauschenden Akkorden abbrach. Da wurden Flügeltüren, die bisher geheimnisvoll geschlossen gewesen, geöffnet; eine Flucht neuer, noch unbetretener Gemächer tat sich auf; blumengeschmückte, silberfunkelnde und von vielen Lustern und Kerzen überstrahlte Tafeln schienen sich in die Unendlichkeit fortzusetzen, und mit der ganzen feierlichen Courtoisie jener Tage schritten die Erwachsenen durch ein Spalier von Jugend zu Tisch. Und der Knabe? Wie im Traume geschah ihm dies alles; wie im Traume zog all dies an ihm vorbei, und wie im Traume verspürte er, daß es immer leerer und stiller wurde um ihn und daß er bald allein stehen werde mit seinen drei unverschenkten Blumensträußchen in der Hand. Da aber, als die Pein dieses Traumes schon fast ins Unerträgliche stieg, in diesem Augenblicke höchster Ohnmacht und Scham – löste sich eine kleine Märchengestalt aus dem letzten, verebbenden Gedränge; zwei strahlende Kinderaugen suchten mich, nahten mir rasch, sahen ermutigend lächelnd zu mir hinan, und dann – da ich vor lauter Verwirrung und Dankbarkeit nichts anderes gewußt hatte, als all meine Blumenpracht dem lieben Mädchen zu geben – faßte eine kleine, heiße, etwas feuchte Kinderhand resolut nach der meinen und führte mich durch einen Nebel von Glück und Verwirrung zu Tisch.

O, es war gewiß nicht so gewesen, daß Gott einen Engel bemüht hatte, um einen allzu unbeholfenen Knaben aus einer lächerlich-demütigenden Situation zu befreien; und auch davon war bestimmt nicht die Rede, daß Annie, von irgend einer schicksalhaften Sympathie getrieben, sich meiner angenommen hatte, sondern ganz einfach: die sachlich vorherbestimmte Tischordnung hatte die beiden Jüngsten der Gesellschaft am untersten Ende einer der vielen Tafeln zusammengesetzt. Ich närrisch-überspannter Hitzkopf aber nahm dieses Selbstverständliche und gar nicht Hintergründige als ein Zeichen des Himmels, und wie ein Trunkener muß ich mich damals in meiner Seligkeit betragen haben. Die Speisen, die man reichte, berührte ich kaum, obwohl ich mir von jeder die erstaunlichsten Berge herauslangte. Statt dessen sprang ein solcher Strom der Rede von meinen bisher krampfhaft verschlossenen Lippen, daß allmählich auch ältere Kinder auf mich aufzumerken begannen, und schließlich hörte mir alles zu, was am nämlichen Tische saß. Was ich da zusammendeliriert haben mag, ist mir heute völlig unbewußt, aber ich sprach und sprach und wendete keinen Blick von dem stillen, lächelnden Kindergesicht neben mir, das mich mehr forschend als verstehend ansah. Dann aber, nachdem ich mich endlich ausgetobt hatte, brach der Strom der Rede ebenso unvermittelt ab, wie er mich überkommen hatte; und ich weiß von jenem Abende nichts anderes mehr, als daß ich durch eine eisigklare, schneelose Winternacht an der Seite meines Vaters über die Lastenstraße der Schmidgasse zuschritt. Da löste sich die Spannung vieler Stunden in einem Ausbruch unendlich glücklicher Tränen, und der große, strenge Mann an meiner Seite, der mir nur so selten zeigen durfte, wie lieb er das Kind seiner ersten Ehe hatte, streichelte mir mit einem Lächeln, dessen gütige, fast ratlose Verschämtheit ich niemals vergessen werde, die Wange.

Seit jenem Abende habe ich dich geliebt, Annie, und habe diese Liebe »getragen sieben Jahr«! Bis in die Fieberphantasien der

schweren Krankheit, die ich am Eingange des Jünglingsalters bestehen mußte, hat mich dein reines, liebes Bild begleitet, und mein
ganzes Knabenleben stand unter dem Zeichen deines Auf-Erden-
Seins. Um deinetwillen trieb ich täglich stundenlang den Reifen
über die Asphaltstraße hinter dem Rathaus, auf die deine Fenster
sahen. Um deinetwillen ging ich die Wege in den Anlagen zu jenen
Stunden, da auch du sie gingst. Um deinetwillen gehorchte ich meinen Eltern, lernte ich für die Schule, schämte ich mich meiner Sün-
den und Schwächen, und um deinetwillen betete ich. Aber das
Wunder, um das ich bat, konnte selbst Gott nicht bewirken. Denn
um deinetwillen hätte ich ein Mann sein wollen, um vor dich hinzu-
treten und dir sagen zu dürfen, wie lieb ich dich habe. So, wie ich es
tausende Male vor mich hingesagt, des Nachts vor dem Einschlafen,
des Morgens nach dem Erwachen und in allen Stunden der Dämmerung, wenn die Lampen noch nicht angezündet waren an den
frühen Abenden der Winter. War dies Schmerz, war's Freude? Ach,
beides war's, aber mehr des Leids als der Freude. Denn mit jedem
Jahre unserer Kindheit entwuchsest du mir mehr in ein Uneinholba-
res und Fremdes, das deinem Leibe die Süße gab und deiner Seele
die Ahnung glücklichsten Weib- und Mutterseins, indessen ich – ein
Schulbub blieb. Da war ich denn ausgetrieben aus dem Paradiese
und lernte das bittere Jünglingslos dulden, Liebe und Lust trennen
zu müssen wie ein Schmutziges und ein Reines. Und das hat weh-
getan, Annie. Aber stille, stille davon! Kein Schatten trübe dein Bild!
Wo immer du – wüßt' ich's doch! – seist, was immer das Leben an
dir getan – blühen schon Silberfäden in deinem Haar und sind Lippen da, sie zu küssen? – so, wie ich dich liebte, da wir noch Kinder
waren, steh du vor mir und weile!

Jugendfreundschaft und großes Lügen

Meinen Freund Karl S. hatte ich eigentlich schon in meinem achten Lebensjahre kennengelernt, als wir in der zweiten Volksschulklasse bei den Piaristen einander zum ersten Male begegneten. Es war – wenigstens von mir aus kann ich dies sagen – eine Liebe auf den ersten Blick! Mit größter Lebendigkeit erinnere ich mich dessen, wie S. uns eines Tages mehrere Wochen nach Schulbeginn von unserem guten Klassenlehrer mit einer gewissen Behutsamkeit als neuer Kamerad vorgestellt wurde. Sein späteres Eintreten mag mit einer Krankheit zusammengehangen haben, die er wohl soeben überstanden hatte; und so sah er denn auch aus. Auf den schmächtigen Schultern einer zarten, für sein Alter mittelwüchsigen Gestalt, saß ein verhältnismäßig großer, etwas spitzer Schädel, dessen reiches, offenbar schon lange nicht geschorenes Haar das ohnehin schmale, etwas mädchenhafte Gesicht mit den leicht geröteten Augenlidern noch zarter und kränklicher wirken ließ. Das Merkwürdigste aber an dem neuen Ankömmling war, daß sein Haupt, das er in den Nacken zurückgeworfen trug, dort nicht ganz festzusitzen schien. Karl balancierte es vielmehr förmlich auf dem oberen Ende der Wirbelsäule, und es gelang ihm, besonders beim Gehen, nicht immer, es in der sicheren Ruhe des Gleichgewichtes zu erhalten. Von dieser Arbeit des Balancierens, die er in Wirklichkeit natürlich völlig unbewußt verrichtete, schien er derart in Anspruch genommen zu sein, daß er wenig Aufmerksamkeit für seine Umgebung aufzubringen vermochte. Er sah vielmehr über diese hinweg, und dies gab seinem Auftreten etwas Stolzes, ja beinahe Hochmütiges, während es in Wahrheit die Schüchternheit, Unsicherheit und Weltfremdheit eines bisher von ängstlicher Elternliebe behüteten Knaben gewesen sein dürfte, die ihn sich so gehaben ließ. Kurzum, Karl S., der neue Mitschüler, war auf den ersten Blick durchaus anders als alle anderen Buben der Klasse; er schien – auch schon aus den auffallend kleinen Händen und Füßen, sowie aus seiner besseren Kleidung zu schließen – einer edleren, feineren und überlegeneren Rasse anzugehören als wir anderen, und in seinen Augen, für die wir einfach nicht auf der Welt waren, schleierte eine Ferne und Fremde, ein Wissen um Träume und Leiden, von denen unser keiner auch nur eine Ahnung hatte. Für mich aber war dies offenbar der Grund, weshalb ich mich sofort von ihm angezogen fühlte.

Indessen, unsere nähere Bekanntschaft kam trotzdem zunächst nur schwerfällig in Gang. Das rührte wohl auch daher, daß jener Teil des Schulweges, den wir gemeinsam hatten, nur ein paar Häuser der Maria-Treugasse lang war und daß Karl überdies von einer alten Dienerin namens Julie aus der Schule abgeholt zu werden pflegte. So fanden die Gespräche, die wir etwa angeknüpft hatten, immer vor seinem Haustore ein rasches Ende, und die ersten zwei Jahre unserer Kameradschaft verliefen ohne eigentlichen privaten Verkehr. Höchstens daß wir an Nachmittagen einander zufällig auf dem Spielplatze des Schönbornparkes trafen. Trotzdem scheint unsere Zusammengehörigkeit dem Lehrer nicht entgangen zu sein, und als es sich für uns beide darum handelte, von der vierten Volksschulklasse mit Überspringung der fünften ins Gymnasium überzutreten, da war es eines Tages beschlossene Sache unserer Väter, daß wir den vorbereitenden Unterricht gemeinsam nehmen sollten. Damit war der Grundstein gelegt zu einer Knaben- und Jünglingsfreundschaft, die in seltener Ausschließlichkeit und Innigkeit wie unter der Einwirkung schicksalhafter Vorbestimmung andauerte bis in die gemeinsamen juristischen Studienjahre und, über diese hinaus, bis zu jenem Wendepunkte in jeder Jugendfreundschaft, wo sich des einen oder des anderen plötzlich solche Bindungen bemächtigen, welche die bisherige rückhaltlose Mitwisserschaft und Mitbeteiligung des Freundes einschränken. Meist ist jener Wendepunkt der Augenblick, wo das Weib in das Leben des jungen Menschen eintritt. Denn träumen von der Einen, die man sich zugedacht glaubt, kann man noch gemeinsam; der reale Besitz an jener aber, die dann übrigens in Wirklichkeit meist ganz anders aussieht als die Geträumte, richtet Schranken auf. Die Unbedingtheit gegenseitigen Zugehörens hat unmerklich ein Ende genommen; Geheimnisse und Vorbehalte in der Aufrichtigkeit treten wie Schatten dazwischen, und ist die Erwählte des einen, wie dies zu Zeiten wohl so kommen mag, auf die frühere, mit dem andern gemeinsame Welt des Geliebten eifersüchtig, so sind Entfremdung und Abfall gesät, und Gleichgültigkeit, ja gelegentlich sogar Mißtrauen schießen in die Halme. Hier von irgendjemandes Schuld zu sprechen, geziemt sich, zumindest für die rückschauende Betrachtung, nicht. Denn all dies, so schmerzlich es auch für das unmittelbare Erleben sein mag, vollzieht sich eigentlich außerhalb des Moralischen und mit einer Selbstverständlichkeit und Zuverlässigkeit, die an die unentrinnbaren Gesetzlichkeiten des Naturgeschehens erinnert. Das ändert aber nichts an der Tatsache, daß von all der Unendlichkeit, die ehemals zwei Jünglingsherzen wie nichts mehr später im Leben in eines zusammenzufassen vermochte, eines Tages kaum viel mehr übriggeblieben ist als ein kleiner Bezirk wehmütiger Erinnerungen, in dem sich vielleicht auch noch eine gewisse gemeinsame Ideologie oder im besonderen Glücksfall das gegenseitige Gefühl erhalten hat, daß der eine dem andern gegenüber einer wirklichen Gemeinheit nicht fähig wäre.

Allein von all diesem herben und trüben Bodensatze im schäumenden Becher der Jugendfreundschaft hatten wir damals weder Wissen noch Ahnen. Im Gegenteil! Von Tag zu Tag, von Jahr zu Jahr wuchsen wir in eine tiefere Übereinstimmung hinein, und je weiter sich unser gemeinsamer Horizont ausrundete, desto vielfältiger und farbiger wurde die Welt unseres brüderlichen Erlebens. Und dies nicht nur durch das Homogene sondern auch durch das Heterogene in unseren Wesen. Wir glichen in der Tat zwei Kreisen, die einander zum allergrößten Teile decken; und was die freibleibenden Segmente betraf, so ergänzten sie einander in der Weise, daß, was dem einen fehlte, dem andern zu Gebote stand. Damit soll jedoch, weiß Gott, nicht gesagt sein, daß wir zusammen etwa ein vollkommenes Geschöpf Gottes bildeten. Im Gegenteil, es gab eine Menge sehr brauchbarer Eigenschaften und Begabungen, die wir alle beide nicht hatten, aber das focht uns bei unserem restlosen gegenseitigen Genügen weiter nicht an. Dabei war es immer so, daß ich Karls bei weitem differenzierteren seelischen Organismus als eine Art Kontrollapparat meiner eigenen Empfindungen betrachtete und gelten ließ. Dieser Träumer verfügte von frühester Kindheit an über einen Verstand, der unbestechlich klar und ohne Zugeständnisse an die Banalität des Praktischen war, während ich, obwohl der Lebenswachere, schärfer Beobachtende und Umsichtigere, dazu neigte, das richtig Beobachtete bis hart an die Grenze des Unrichtigen zu verallgemeinern, so zwar dem Grundsätzlichen nahekommend, dabei aber – dank einer nach oben und unten hin ausschweifenden Phantasie – den Boden unter den Füßen bisweilen verlie-

rend. Indessen, wohin ich mich auch mitunter verlief und verwirrte,
ob ins allzu Sublime oder ins allzu Massive – wie der Polarstern in
der Nacht des Schiffers, so stand im einsamen Dämmer meiner
Kindheit der Stern der Liebe zu diesem Knaben über meinem Leben. Ich hätte ihn nicht verlieren können, und Gott hat es mir damals auch erspart, ihn zu verlieren. Dort aber, wo der liebe Gott
einmal Miene machte, die Rolle des Mentors über unsere Freundschaft zurückzulegen, da sprang ich kurzerhand selber für ihn ein
und spielte die Rolle mit einer Energie zu Ende, die vor nichts zu-
rückschreckte. Doch davon später! Vorläufig haben wir beide die
Aufnahmsprüfung ins Gymnasium mit mehr oder minder schwa-
chem Erfolge bestanden, büffeln gemeinsam Latein und Realien,
wobei ich für die Sprachen und er für die Mathematik weniger Un-
talent zeigte, und spielen im übrigen wie die Volksschüler mit Glas-
und Kittkugeln »Anmäuerln« im Schönbornpark und mit Bleisoldaten und Holzhäusern in Karls elterlicher Wohnung. Und besonders
diese letztere Spielerei war in Art und Umfang, wie wir sie gemeinsam betrieben, für mich eine neue, mich völlig berauschende Welt.

Daß meine frühe Knabenzeit abseitig und von Zärtlichkeit nicht
gerade fühlbar übersonnt war, dürfte dem Leser dieser Aufzeich-
nungen kaum entgangen sein. Einen Spielkameraden hatte ich,
bevor ich zu Karl ins Haus kam, überhaupt nicht gekannt, was übrigens auch für ihn, wenn auch aus anderen Gründen, zutraf. Was
Spielsachen anbelangt, so hatte ich natürlich auch Zinnsoldaten,
Holzhäuser, Bäume, Tiere und Bausteine, aber in solchen Mengen
und Ausführungen, wie Karl als der zärtlich geliebte und verwöhn-
te Spätling wohlhabender Eltern sie besaß, hatte ich dergleichen
noch nie beisammen gesehen. An färbigen, mit schwarzen Fenster-
tupfen bemalten, meist rotdächerigen Holzhäusern gab es in seinem
Spielkasten so viele, daß man mit ihnen getrost zwei stattliche Städte auf dem ausgezogenen Speisezimmertische aufbauen konnte.
Über Soldaten aller Waffengattungen samt schwerer und leichter
Artillerie verfügte er gleichfalls in genügender Anzahl, um zwei
wohlausgerüstete Armeen auf die Beine zu stellen. Daß diese Streit-
kräfte Feinde sein und einander mit Krieg überziehen (*bellum inferre
alicui!*) mußten, war selbstverständlich. In diesem Sinne wurden
also die Städte gebaut und die Schlachtreihen geordnet, und dabei
enthüllten sich Veranlagungen und Charaktere der beiden obersten

Kriegsherren. Ich zum Beispiel errichtete meine Stadt mehr vom malerischen Gesichtspunkte. Aus Schachteln türmte ich eine Art Festungsberg, krönte ihn mit einer wohlgefügten Ansammlung von Häuschen, die eine starke Burg darstellen sollten, und besetzte die Stufenhänge des Hügels mit dichtem Gehölze aus Spielzeugbäumen. Um diesen festen Kern legte ich meine Stadt an: enge, gekrümmte Gassen und Gäßchen, die sich womöglich auch noch den Schloßberg hinanzogen, das Ganze umwallt von einer Bastei aus Bausteinen. Nach derselben malerischen Methode verfuhr ich auch bei der Anordnung meiner Schlachtreihen. Auf dem Vorfelde meiner Bollwerke stellte ich die Truppen in Karrees und dichtgeschlossenen Phalangen auf, die Reiterei in der Attacke begriffen, die Geschütze zu Batterien gruppiert. Mit einem Wort, meine Bauart ergab das reizvolle Bild einer Stadt etwa aus der Zeit des dreißigjährigen Krieges, die von einem Heerbann Tillys oder Wallensteins verteidigt wurde, und dürfte so ziemlich den Stahlstichen entsprochen haben, die ich in alten Geschichtswerken der väterlichen Bibliothek gesehen hatte. Anders ging Karl zu Werk. Er gründete seine Stadt weitläufig, ohne Festungsberg und ohne Bäume und schützte sie nur auf der Angriffsseite durch einen Wall, der bei der gleichen Anzahl von Bausteinen natürlich beträchtlich höher und stärker ausfiel als meine Ringmauern. Die Truppen aber entwickelte er in losen Plänklerketten, jede dichtere Ansammlung von Infanterie, Reiterei und Geschützen vermeidend. Schön war das nicht, aber...! Merkwürdige Antinomie in der rätselhaften Gesetzlichkeit zweier Knabenseelen: der Träumer baute nüchtern, und der Erdenschwere baute romantisch, und die Romantik – rächte sich wie immer! Denn dann, wenn die mühevolle Aufstellarbeit vollendet war, begann nach formeller Kriegserklärung die Kanonade aus Geschützen aller Kaliber von Bohnen und Erbsen. Und da, ein Schlachten war's, nicht eine Schlacht zu nennen, was sich auf meiner Seite ereignete! Jedes Geschoß riß nicht nur das eine getroffene Haus, sondern gleich eine ganze Gaffe nieder. Vom Festungsberg herunter stürzten die krönenden Zinnen, die Bäume von den Hängen kollerten nach und richteten weitere Verheerungen an. Und nicht anders erging es meinen tapferen Verteidigern: reihenweise wurden sie oft von einer einzigen Saubohne hingemäht. Nur die Kavallerie hielt sich infolge ihrer größeren Bleischwere länger auf den Beinen, wurde aber erbarmungslos zu wüsten, wirren Knäueln zusammengeschossen, in denen Freund gegen Freund den Pallasch schwang und in der Karriere der Attacke einsprengte. Es dauerte meist nur wenige Minuten, daß sich auf meiner Seite ein Feld vollständigster Zerstörung ergab, während ich ganze Munitionsdepots auf die lockeren Reihen und weitläufigen Anlagen meines Gegners in fruchtlosem Schnellfeuer verschoß. Da glühten die Wangen und blitzten die Augen der beiden Befehlshaber, wilde kriegerische Rufe entstürzten ihren Lippen, die Drahtfedern der Geschütze knarrten bei jedem Abschuß, zu Hunderten kollerten die Hülsenfrüchte auf dem Parkettboden herum, so daß man achtgeben mußte, über sie nicht zu fallen; und dann, wenn das Kampfgetöse aufs höchste gestiegen war, erschien gewöhnlich – die alte Julie, schlug die Hände über dem Kopf zusammen, rief außer Jesum, Mariam und Josef noch eine stattliche Anzahl anderer Heiliger an und schalt Karl mit mehr besorgten als strafenden Worten, um aber auch schon im nächsten Augenblick auf dem Boden zu knien und ihrem vergötterten Milchenkelkinde das Zusammenklauben der Projektile zu ersparen! Dann ruhte die Schlacht, Karl hatte wie gewöhnlich gesiegt, und ich fand keinen Atemzug lang, daß dies nicht in Ordnung gewesen wäre. Aber auch, wenn es einmal umgekehrt ausfiel, es gab keinen Hader zwischen uns, keine niederen Instinkte brachen aus, kein Triumph des Siegers, kein Rachegefühl des Unterlegenen. Das Spiel war für heute zu Ende, um morgen wieder zu beginnen, und so fort, freilich mit immer ernsteren Gegenständen, durch alle, alle Tage einer gemeinsamen Kindheit und Jugend. Und so war es denn auch ein Spiel, ein friedlichstes Messen von Kräften, das gelegentlich zu einer schweren Bedrohung unserer Freundschaft führte. Und das kam so:

Eines Tages rangen Karl und ich miteinander in knabenhaftem Übermut. Aber der Parkettboden war glatt, wir beide, noch fest umschlungen, glitten aus, und ich stürzte dabei mit dem Hinterhaupte auf die scharfe, harte Kantenecke einer offenen Schreibtischlade. War es das Möbel oder war es mein Schädel, was so gekracht hatte? Einen Augenblick lang blieb ich betäubt, dann erhob ich mich etwas unsicher und griff mir an den Kopf. Er blutete nicht, aber eine große, dicke Beule war im Nu aufgeschwollen. Über diesen Ausgang unserer Unterhaltung zutiefst erschrocken, wurden wir kleinlaut. An diesem Tage spielten wir nicht weiter. Ich schlug vor, keinem Menschen von dem Vorfalle etwas zu sagen, wir schworen's einander zu, und dann begab ich mich, noch etwas schwindelig, auf den Heimweg.

Am nächsten Morgen erwachte ich mit dumpfen, pochenden Schmerzen, die ich natürlich verschwieg. Denn hätte ich sie verraten, so wäre ich gefragt worden, wie ich mir die Beule zugezogen, und hätte ich zugegeben, daß mir dies beim Spielen mit Karl geschehen sei, so wäre mir unfehlbar – dazu kannte ich meinen Vater nur zu gut! – der weitere Verkehr mit ihm verboten worden. Und dies durfte nicht sein! Um keinen Preis der Welt durfte dies sein! Allerhand Pläne gingen mir für den Fall der Entdeckung durch den Kopf, nahmen aber noch nicht feste Umrisse an. Dieser Zustand der Angst den Freund zu verlieren, dauerte zwei Tage. Da ich während ihrer natürlich zur Schule mußte, so ging in dieser Zeit ein wahrer Platzregen von »Nichtgenügend« über mein wundes, benommenes Haupt nieder. Besonders der Mathematiker und der Naturgeschichtler hatten es auf mich abgesehen. Dabei wuchsen die Schmerzen von Stunde zu Stunde, zogen sich vom Hinterhaupt zum Nacken herunter und von dort in die linke Seite des Halses. Dann platzte die Bombe!

Am dritten Nachmittage nach dem Ereignis wurde ich von den Eltern zum gemeinsamen Spaziergange befohlen. Widerrede gab es nicht, obwohl mein schlechtes Aussehen nicht unbemerkt geblieben war. Aber gerade deshalb mußte ich mit, weil es doch keinen anderen Grund haben konnte, als daß ich zu wenig in frischer Luft war. Also gingen wir – ich immer drei Schritte den Eltern voran – durch die Schmidgasse hinunter, am Rathaus vorüber der Inneren Stadt zu. Da warme Jahreszeit war, trug ich einen sogenannten Girardihut. Aber wie trug ich ihn?! Zum Ärger meiner Eltern – schief und in die rechte Stirnseite gedrückt. Zweimal ermahnte mich der Vater im guten, den Hut ordentlich aufzusetzen, dann riß ihm die Geduld. Mit ein paar Schritten war er bei mir und preßte mir mit einem wuchtigen Ruck den harten Innenrand des Strohhutes in die richtige Lage. Ich hätte aufschreien mögen, muckste jedoch nicht. Da war aber auch schon eine verdächtige Bläue bemerkt worden, die sich aus den Haaren hinter dem linken Ohre in den Nacken verbreitete. Diese Entdeckung ereignete sich genau beim Wetterhäuschen des an die Stadiongasse grenzenden Rathausparkes. Der Spaziergang wurde sofort abgebrochen.

Zu Hause angekommen, nahm man mich alsogleich ins Gebet. Ob mir etwas wehtue? Nach einigem Zögern: Ja. Was mich schmerze? Ich wie früher: Der Kopf. Wo? – Ich schwieg. Da machte der Vater kurzen Prozeß und fuhr mir durch die Haare, und im nächsten Augenblicke riß er die Hand an die Augen: Eiter, Blut! – Ich verlor die Besinnung.

Als ich wieder zu mir kam, lag ich auf einem Sofa und hatte den Kopf mit nassen Tüchern umwickelt. Der Vater saß bei mir und hielt meinen Puls. Seine Stimme drang gütig und weich durch den Dämmer zu mir. Hätte er mich in dieser Stunde befragt, wer weiß, ob ich ihm nicht die Wahrheit gestanden hätte. Gegen Güte wäre ich wehrlos gewesen, und vielleicht hätte dann auch er Verständnis dafür gehabt, daß hier niemandes Schuld sondern nur ein böser Zufall am Werk gewesen. So fürchtete ich, befragt zu werden, und sehnte mich zugleich darnach um der Güte willen. Allein die Frage – wohl in der besten Absicht, mich in meinem Zustande zu schonen! – blieb aus, und wieder einmal ereignete es sich in meinem damaligen Leben, daß ich ganz nahe daran gewesen wäre, mich kindlich aufzutun, und daß der Augenblick des Vertrauens und der Wahrheit vorüberging. Noch während mein guter Vater besorgt und schonungsvoll an meinem Lager saß, schmiedete ich die Pläne, wie ich ihn nunmehr am besten belügen würde. Dann kam, von der Mutter herbeigeholt, der Arzt und konstatierte eine Wunde, die bis an den Schädelknochen reiche und derart verwahrlost sei, daß man Gott zu danken haben werde, wenn nicht allgemeine Blutvergiftung eintrete. Sonst wurde nicht viel gesprochen. Der Hausarzt war kein Mann von Worten. Statt dessen arbeiteten Sonde und Eiterlöffel unbarmherzig in meinem Schädelloch, während die Mutter eine Kerze über mich und der Vater meine beiden Hände an den Gelenken hielt. Dann begann es im Zimmer nach Karbol und Jodoform zu riechen, und ich wurde zu Bett gebracht. Einige Tage schwankte mein Zustand zwischen Tod und Leben, dann aber obsiegte das Blut den Keimen der Verwesung, die Wunde vernarbte, und nach ungefähr einer Woche konnte ich wieder zur Schule gehen. Die Prüfung der körperlichen Leidenskraft war glücklich überstanden, nun aber kam die bei weitem schwerere auf Erfindung, Geistesgegenwart und Entschlossenheit.

Mein Vater hatte sofort am Tage nach der Entdeckung die Anzeige beim Direktor des Gymnasiums erstattet. Die Untersuchung konnte aber erst eingeleitet werden, wenn meine Aussage vorlag. Denn bisher war Bestimmtes aus mir nicht herauszubringen gewesen. Vor dem gefürchteten Direktor aber, so hoffte mein Vater, würde ich schon Farbe bekennen. Er irrte sich. Denn auch jenem gegenüber sagte ich nichts anderes, als daß mir ein unbekannter Junge die Wunde auf dem Schulwege von hinten beigebracht und dann Reißaus genommen habe. Es dürfte ein Real- oder Bürgerschüler gewesen sein. Auf Personsbeschreibungen ließ ich mich nicht ein. Daraufhin schrieb der Direktor von Amts wegen an die Leiter der betreffenden Anstalten, und auch dort wurden Untersuchungen eingeleitet, Verhöre mit den verrufensten Raufbolden vorgenommen etc. Schon schienen Anhaltspunkte gewonnen, die auf bestimmte Täter hinwiesen, und Verdachte verdichteten sich. Aber so oft ich einem der Beschuldigten gegenübergestellt wurde, erklärte ich mit dem besten Gewissen der Welt, daß es eben dieser nicht gewesen sein könne. Schließlich mußte das Verfahren als ergebnislos eingestellt werden. Es war die aufregendste Episode meiner Knabenzeit und hätte mir trotz ihres guten Ausganges verhängnisvoll werden können, wenn ich mir auf meinen Triumph auch nur einen Augenblick lang etwas eingebildet hätte. Hatte sich denn meine Intelligenz nicht stärker erwiesen als die meiner Examinatoren? War nicht eine gewisse Romantik darin, daß ich mich durch all die hochnotpeinlichen Verhöre hindurch gehalten hatte wie ein ausgepichter Verbrecher? Hatte ich meine Peiniger nicht geflissentlich auf falsche Spuren gelockt und sie auf Abwegen der Untersuchung sich festrennen lassen, mit ihnen spielend wie die Katze mit dem Mäuschen?! Nichts von alldem – dies kann ich ebenso wahrhaft bekennen wie meine Schlechtigkeit! – ging in mir vor. Aber zu denken gab die Sache immerhin: da brauchte man also nichts anderes, als eine Fiktion, als etwas völlig aus der Luft Gegriffenes mit der nötigen Umsicht auszuhecken und nachher kaltblütig zu vertreten, und dieses Hirn- und Lügengespinst wirkte dann genau so, ja vielleicht sogar überzeugender als die Wahrheit! Gefährliche Erkenntnis in der Seele eines zehnjährigen Knaben! Sie hätte mich damals ebenso gut auf Abwege bringen können, als sie mir später vielleicht geholfen hat, meinen Fiktionen künstlerische Gestaltung zu geben. So sehr liegen die scheinbar disparatesten Möglichkeiten in ein und demselben Menschen beschlossen: Vorspiegler falscher Tatsachen oder Poet! Und vielleicht hat man sich für den letzteren nur deshalb entschieden, weil man zum ersteren nicht die Courage gehabt hätte. Gott weiß es.

Was aber war indessen mit Karl gewesen? Nun, er war aus der ganzen verwogenen Komödie nicht nur durch die Umstände sondern auch durch mich absichtlich ausgeschaltet geblieben. Nicht daß ich bei ihm weniger Interesse an unserem weiteren Verkehre vorausgesetzt hätte! Aber sein mir zwar im Gedanklichen weit überlegenes Wesen wäre der dreisten Rolle im Kampfspiele mit den Wirklichkeiten schwerlich gewachsen gewesen. Dies wußte ich und hatte es daher allein übernommen, ihn mir zu retten. Ich sage ausdrücklich und betone: ihn mir! Denn nicht aus Schonung für ihn oder aus einem anderen edlen Beweggrunde hatte ich den Zufall, der ihn hätte schuldig oder doch mitschuldig erscheinen lassen können, verschwiegen, sondern nur mir zuliebe hatte ich um ihn gekämpft, weil mich die Liebe zu ihm beglückte und weil mein Knabenleben wieder bettelarm geworden wäre ohne ihn. Und der Preis hat das Wagnis wahrhaftig gelohnt! Denn ohne Bedrohung von außen mehr wuchsen wir von jetzt ab gemeinsam ins Leben hinein, und es dürfte kaum irgend ein besonderes Erlebnis gegeben haben, das bis zu unserem zwanzigsten Jahre einem von uns allein begegnet wäre. Wir waren Kinder, dann Knaben, dann Jünglinge zusammen, die zuerst mit Bleisoldaten und schließlich mit Träumen spielten, mit Träumen von dem, was aus uns werden sollte, und mit Träumen von dem großen Unbekannten, das die Ahnenden der Mannheit am meisten beschäftigt: vom Weibe. Als wir uns für Literatur, Philosophie und die schönen Künste zu interessieren begannen, lasen wir die selben Bücher und besuchten die selben Ausstellungen und Galerien, und dabei war immer Karl mit seiner feineren Witterung für Wert und Zeitgemäßheit der Wegweiser. Aber auch das Gelände um Wien sah uns, als wir dann selbständiger wurden, immer vereint auf seinen vielen, von heimlicher Schönheit gesegneten Wegen. Und auch da war zumeist Karl der Pfadfinder, ob wir nun von der Schönbrunner Gloriette aus den sehnsüchtigen Blick über die zarten blauen Schatten der Voralpen hinaus nach dem Süden entsandten, oder ob wir vom Kahlenberg herab, über das Grinzinger Wiesen- und Rebengelände hinweg, auf das golden entbreitete Wien sahen. Später aber, als immer stärker die große, zerstreuende Unruhe nach dem Weib-Erlebnis über uns kam, hielt es uns mehr in der Stadt zurück und in ihr dort, wo das Leben sich abspielte, das wir nur erst aus Büchern kannten und von dem wir noch ausgeschlossen waren. Durch die lichtdurchfluteten Ausstellungsparke des Praters mit ihrem mondänen Treiben schweiften wir da ebenso, wie wir ein andermal in irgend einem abseitigen Gasthausgarten saßen, wo sich einfache Handelsleute aus der Leopoldstadt mit ihren oft so traurigschönen Frauen von den Mühen des Geschäftstages erholten. Im Stehparterre des Burgtheaters, wenn Sonnenthal den Nathan, Baumeister den Patriarchen und Mitterwurzer den Al-Hafi spielten, standen wir genau so Schulter an Schulter wie im Deutschen Volkstheater, wenn Tyrolt den alten und Marrinelli den jungen Schalanter darstellte. Woferne aber Pablo de Sarasate im großen Musikvereinssaale das Violinkonzert von Mendelssohn spielte, da gaben wir's nobler und saßen auf Galeriesitzen nebeneinander. Und dann, wenn solch ein gemeinsames Erlebnis im Geiste, wenn solch ein Abend mit dem ganzen Zauber und der ganzen Grazie des damaligen Wiener Lebens vorüber war und wir etwa im Parkett des Burgtheaters oder der Hofoper schöne, edelrassige Frauen und elegante oder bedeutende Männergestalten genug gesehen hatten, dann trieb es uns oft noch lange über die Ringstraße oder durch die nächtlichen Parke des Rathausviertels. Oder wir saßen dort auf einer der vielen Bänke und sahen, indessen wir schwiegen – und wie sehr verstanden wir die Kunst solch beredten Schweigens! – nicht viel mehr von einander als unsere dunkeln Umrisse und die glimmenden Spitzen unserer Zigaretten. Da konnte es manchmal, besonders in lauen Föhnwindnächten, sein, daß durch die damalige Stille der Wiener Nacht, die nur selten durch ein leise rollendes Fuhrwerk ein wenig aus ihrem Schlummer aufgestört wurde, der lange, sehnsüchtige Pfiff einer Lokomotive vom Südbahnhof herübergeweht kam. Das bedeutete dann für unsere von aller Fülle noch ungelebten Lebens drängende und bedrängte Phantasie die frühen Blütengärten Merans, die sonnenweiße Kalkküste der Adria oder die bergespiegelnde Wellenfläche des Wörthersees, lauter Gegenden, die Karl schon in jungen Jahren mit eigenen Augen gesehen, während ich sie nur aus seinen schwärmerischen Erzählungen kannte, aber in meinen Träumen nicht weniger liebte als er in der Erinnerung an wirklich Geschautes.

Aber nicht immer vermochten wir das Unbestimmte und Sehnsüchtige in uns zum Schweigen in einsamen Parkanlagen zu bändigen. Immer öfter, zumal an Frühlingsabenden, verlockte uns die Militärmusik, die von dem Restaurant im Volksgarten herüberklang, uns in das Menschengewühle der Kastanienalleen, die den drahtumgitterten Gasthausgarten umgeben, zu stürzen. Junge Handelsangestellte, Studenten, Soldaten und unter diesen vor allem die stattlichen Burggendarmen fanden dort mühelos die Bekanntschaften, die sie suchten, ja, die sie kaum zu suchen brauchten, weil sie ihnen von selbst zuflogen, während es uns unerprobten Knaben die Stimme verschlug, wenn wir uns anschickten, eines der vielen Ladenfräuleins oder Dienstmädchen anzusprechen. Da wurden wir denn, nach so vieler anfänglicher Abenteuerlust, allmählich auch hier schweigsam, schämten uns unserer Schüchternheit und sahen aneinander vorüber, indessen die vielen eleganten Menschen an den weißen Tischen jenseits des Zaunes unter den berückenden Klangen der Musik und beim silbernen Geklapper vieler Bestecke aller Erfüllungen des Lebens teilhaftig zu sein schienen, die wir ersehnten. Dann rief der Wächter die Sperrstunde des Parkes aus, der bunte Schwarm verzog sich, von Bänken abseitiger Alleen erhoben sich die eng aneinandergeschmiegten Schatten der Liebespaare, und auch wir traten den Heimweg an. Das große Erlebnis, nach dem wir in allen Nerven fieberten, hatte sich wieder einmal nicht ereignet. Dafür aber gab es Nächte, in denen der Mond über der Josefstadt stand, während wir zwischen den plätschernden Springbrunnen der beiden Rathausparke hindurch Arm in Arm nach Hause wanderten. Da warf die dunkle Riesenzypresse des Rathausturmes ihre Schattenspitze scharfumrissen bis in die Nähe des Burgtheaters; kreideweiß leuchtete die Flanke der Universität, und die bronzenen Quadrigen auf dem Dache des Parlaments waren angeglüht vom milden, metallischen Lichte. Wie Wahrzeichen unserer eigenen Zukunft umstanden uns diese Symbole der Kunst, der Wissenschaft und der Gesetzgebung, von denen aus sich ein ununterbrochener Strom der Belebung in das Gefäßsystem der heimatlichen Kultur ergoß. Und an dieser dereinst in irgend einem Sinne mitzuarbeiten, war über aller Wirrsal unseres noch gärenden Blutes und über allen gelegentlichen Abwegen der Leitstern, der uns leuchtete. Mag auch das helle Lichtlein an unserem Horizonte bisweilen umwölkt worden sein von den verfänglichen Dünsten des

Lebens, wir haben es immer wieder gefunden, und dies wäre vielleicht nicht so gekommen ohne eine Gemeinsamkeit, in der wir aneinander das Maß aller Dinge waren. Und auch heute noch, wenn ich – ach, nur zu selten! – in das blasse, durchgeistigte und vom Leben heimgesuchte Gelehrtenantlitz meines Jugendfreundes schaue, dann ist es wie der Blick in einen edelgeschliffenen Spiegel, der mich untrüglich darüber belehrt, was mir gelungen ist und was ich verfehlt habe. Denn an meinen Abgründen ist er gestanden, und woraus mein Gutes und Böses fließt, hat er an den Quellen geprüft. Er weiß um die Spannweite meiner Flügel, und die Gewichte, die mich nach abwärts ziehn, hat er gewogen in seiner Hand. Ihn, wenn ich's auch versuchte, belöge ich nicht und, mich selbst zu täuschen, unter seinen Augen erlahmte ich. Und dieses wäre doch erst die eigentliche Sünde wider den Geist, die nicht verziehen wird! Jene andere aber, die ich als zehnjähriger Knabe vermocht habe, um den Freund mir zu retten, vertrete ich vor Gott und den Menschen und – segne sie.

Nachtstück in der Lenaugasse 1898

Lenaugasse Nr. 19, erste Stiege, zweiter Stock, Tür rechts. Das Haus an der Ecke der Tulpengasse beherbergt um jene Zeit noch die berühmte Walishausser'sche Buchdruckerei, in der Grillparzers Dramen erstmalig gedruckt wurden. Wer den hellen, breiten und freundlichen Flur des Vordertraktes durchschreitet, tritt in einen geräumigen, himmelüberlichteten Hof und steht vor einem Garten. Hohe aber schmächtige Bäume ragen auf, und im Frühling blühen dort Goldregen, Jasmin und Flieder. Da schlagen auch die Amseln in der Dämmerung der Morgen und Abende, und Hunderte von Sperlingen füllen nach dem Regen die laubschütteren Kronen mit ihrem Gezwitscher. Jenseits dieses Gartens aber, das Gevierte des Hofes der ganzen rückwärtigen Breite nach abschließend, erhebt sich zweistöckig eine altersgraue Barockfront. Ein niederes, säulengeziertes Portal gewährt Eintritt in das geheimnisvolle Gebäude, das ehemals ein Kloster gewesen sein mag, und auf dem obersten Gesimse vor dem Mittelfirste wacht, in Stein gehauen, der Erzengel Michael mit goldenem Helme und Schwerte. Vor hundert Jahren, als das Vorderhaus noch nicht stand, mag er über Gärten hinweg und über die alleendurchquerten Rasenflächen des Josefstädter Glacis auf die Schotten- und Löbelbastei geblickt und die schlanke gotische Spitze gegrüßt haben, die das Gotteshaus seines Namens emporhebt. Heute ahnen die Tausende, die jahraus, jahrein an der grauen, altmodischen Straßenfront des Vorderhauses vorübergehn, nichts mehr von seinem verwunschenen Dasein.

1898! Die Kindheit mit ihren Leiden und Freuden war vorübergegangen, die Knabenzeit neigte ihrem Ende zu, und die letzte Station auf dem Passionswege des Gymnasiums war erreicht. Schon winkte wie der lichte Punkt am Ende eines langen, finsteren und qualvollen Schachtes die Freiheit. Aber bange Schatten hatte das Schicksal unterdessen in das bescheidene doch auskömmliche Leben der Familie geworfen, seitdem der Vater, der Ernährer krank, hoffnungslos und unheilbar krank war. Nach einer stürmischen Parlamentssitzung, in der er als Referent seinem Minister zur Seite gestanden, war er eines späten Nachmittags nach Hause gekommen, war vor Erregung müde auf den roten Lederdiwan seines mit dem Sohne gemeinsamen Schlaf- und Arbeitszimmers gesunken, hatte die Hände über

der Brust gefaltet, und als er sie wieder von einander lösen wollte,
da versagte die Bewegung, da verweigerte sich die Menschenspra-
che der sich entsetzt in sinnlosen Silben überstürzenden Zunge; und
von dem Manne, der soeben noch auf der Höhe seines Wissens und
in der Würde seines Amtes »ein treuer Diener seines Herrn« gewesen, war im Aufzucken eines Augenblickes ein Kind, ein hilfloses,
lallendes Kind geworden, dem Gott alles Rüstzeug tätig-wirkenden
Lebens genommen und nur das tragische Bewußtsein eines ungeheuren Unglückes für sich und seine Familie belassen hatte. Aber
ein stählerner Wille hatte die Katastrophe der Ausdrucksfähigkeit
überdauert, und dieser Wille versuchte, durch unermüdliches Me-
morieren einzelner Wörter und kurzer Sätze die Sprache wiederzu-
erobern, und füllte hunderte von Schülerschreibheften mit unbeholfenen Schriftzügen, die sich aber nur so lange zu vernünftigen
Wortgebilden aneinanderreihen ließen, als die Vorlage vor Augen
war. Musik meiner Kindheit, Musik meines Jünglingsalters bis zu
der Stunde, da der Dulder erlöst ward: der Vater, ein Zeitungsblatt
in der einen und die Taschenuhr in der andern Hand, wandert vom
frühen Morgen bis zum späten Abend durch die Zimmer und
murmelt rastlos ein und dasselbe Wort so lange vor sich hin, bis er
glaubt, es behalten zu haben. Und dann, einen Augenblick später,
ist durch irgend eine Ablenkung das soeben Geübte qualvoll-
spurlos dem Bewußtsein entschwunden, muß neuerlich vorgesagt
werden, und das Gemurmel geht weiter, jedes Wort fünf Minuten
lang und dann ein nächstes. Und dies durch elf Jahre! Nur die
Sehnsucht ist lebendig geblieben, wieder ein vollgültiger Mensch zu
werden, nur die Liebe ist stark geblieben und nimmt in Blicken und
Gebärden unendlicher Güte teil an allen Schicksalsdingen des her-
anwachsenden Knaben, der im selben Zimmer, wo der Vater
schläft, bei der kleinen Petroleumstudierlampe über seine Hefte und
Bücher gebeugt sitzt. Sinnlos erscheint ihm angesichts dieses ungeheuren Leides und angesichts der Not, die jeden Augenblick in
Gestalt einer armseligen Witwenpension über die Familie herein-
brechen kann, alles brotlose Mühen und Schulwissen; und nur, um
jenes Leid nicht noch zu vermehren, und nur, um das Wunschver-
mächtnis dieses lebendigen Toten getreu zu vollstrecken, besteht er
immer wieder den Kampf mit der brutalen Tücke eines Schulbetrie-
bes, der, an allem Individuellen vorüber, nicht Begabung ermit-
telnd, sondern bloß Gedächtnis und Nerven prüfend, den »schwa-

chen Schüler« mit seinen lächerlichen und schrullenhaften Autoritäts- und Fachdünkeleien in Selbstmordgedanken hineinquält. Nicht nur einmal in jenen Nächten spielte die Knabenhand mit dem heimlich entliehenen Trommelrevolver, aber immer wieder half der natürlichen Todesfurcht ein Blick auf das nebenan schlummernde Vaterkind nach, um die kühle Mündung von der glühendpochenden Schläfe abzusetzen. Nein, diese erwachenden Augen durften keine Szene des Grauens mehr erblicken! Nein, dieses Maß menschlichen Jammers war schon gerüttelt voll! Nur so gelang es, sich bis zur Oktava durchzuschlagen und die letzten Kräfte zur Bestehung der Reifeprüfung zusammenzufassen. Ehe es aber zu dieser kam, war noch eine andere zu bestehen, die nicht das Gedächtnis sondern im wahrsten Sinne des Wortes Herz und Nieren prüfte und in anderer Weise auf Leben und Tod ging.

Es war an einem Sonntag zu Anfang November. Am Morgen fand der übliche Schulgottesdienst (Exhorte und heilige Messe) in der kleinen, aber traulichen Privatkapelle des Gymnasiums statt. Die Angehörigen der oberen vier Jahrgänge saßen ohne Rücksicht auf ihre Klassenzugehörigkeit nach freier Platzwahl in den Betstühlen; ein Teil las literarische Neuerscheinungen oder die Zeitung, andere präparierten für morgen, die meisten aber sangen die deutsche Messe von Schubert mit, die der Gesangslehrer der Anstalt, der nachmals bekannte und hochgeschätzte Tondichter Camillo Horn, zum soundso vielten Male auf der Orgel begleitete; mich aber hatte der Zufall an diesem Tage neben den Klassenprimus, einen käsigen, duckmäuserischen und leisetreterischen Betbruder gesetzt, mit dem ich sonst keine zehn Worte während des ganzen Schuljahres zu wechseln pflegte. Plötzlich entstand zwischen ihm und mir – ich weiß nicht mehr aus welchen Gründen – Streit, und als der Gottesdienst vorüber war, packte ich, der ich niemals vorher einen Kameraden angezeigt hatte, den Burschen am Kragen und schleppte ihn mitten durch die anderen Schüler und ungeachtet des inspizierenden Lehrers wie einen Arrestanten zum Direktor. Dieser Vorgang, den ich in einer Art von Rausch gesetzt hatte, war so ungeheuerlich, daß der Gestrenge zuerst ganz verdutzt dastand und meine Frechheit nicht zu fassen vermochte. Dann aber, ehe ich noch recht dazu gekommen war, meine Sache anhängig zu machen, wandte sich sein ganzer Zorn gegen mich, er brüllte mich an, ob ich denn glaube, daß er mein Büttel sei, und wies mir die Türe.

Ich taumelte mehr, als ich ging, nach Hause. Wilde Schreckensbilder von Klassenbuch, schlechter Sittennote, strengen Strafexamina und Relegation jagten durch mein Gehirn, der Kopf schmerzte mich wütend, und zu Mittag widerstanden mir die Speisen. Die Gespräche am Familientische vernahm ich nur wie von ferne aus dem dritten Zimmer. Der Vater, der zu allem anderen Leiden einige Tage vorher an einem Anthrax am Nacken lebensgefährlich operiert worden war, saß mit einbandagiertem Kopf schmerzensbleich und verfallen mir gegenüber; seine besorgten, hilflosen Blicke suchten mich immer wieder forschend, aber sein Mund konnte die Fragen, die ihm quälend auf der Zunge lagen, nicht formulieren und aussprechen. Endlich erhob sich die Familie vom Speisen, ich schwankte zu dem Lederschlafdiwan, der mein Bett war, ins Nebenzimmer, und dann, einige Stunden später, erwachte ich auf dem nämlichen Möbelstücke angekleidet, wie ich noch war, mit vierzig Graden Fieber zu einem merkwürdigen Halbbewußtsein, fühlte, wie meine Weste und meine Hemdbrust aufgeknöpft wurden, die Stimme meiner Mutter klang wie aus der Unendlichkeit her in erregungszitternden Fragen, und eine andere, wohlbekannte, sachliche und fast sarkastische Männerstimme antwortete: Scharlach.

Was nun folgte, steht trotz meines damaligen Halbbewußtseins und der dreißig Jahre, die seither vergangen sind, mit visionärer Klarheit vor mir, und ich werde es wohl auch niemals vergessen: Schritte entfernten sich von mir in Eile und Entsetzen, Türen wurden aufgemacht und zugeschlagen, im Nebenzimmer hub ein aufgeregtes Hin- und Widerrennen an, Kastentüren knarrten und Möbelstücke schienen geschoben zu werden. Es war, als würde in der Wohnung zu irgend einem Aufbruche gerüstet. Und in der Tat wurde der Schlüssel der Nebenzimmertür von außen ein paarmal im Schlosse umgedreht, ein Rascheln von Papier, ein merkwürdiges, schlurfendes Streichen folgte, und abgerissenen Sätzen entnahm ich, daß die Fugen der Türe verklebt wurden. Dann verstummte auch dies, und kein Anruf, kein Wort, das mir gegolten hätte, wurde mehr hörbar. Totenstille. In meinem Zimmer begann es zu dämmern. Von dem kurzen, steilen Abschnitte der Tulpengasse, der unter meinen Fenstern lag, drang das bewegte Licht einer im

Novemberstürme flackernden Straßenlaterne herauf, geisterte auf dem Plafond, über das blaue Körbchenmuster der Wandtapeten, und ich war und blieb mutterseelenallein.

Dieser ganze, ebenso merkwürdige wie unheimliche Vorgang wird sofort begreiflich, wenn man bedenkt, daß ich aus der zweiten Ehe meines Vaters eine um sieben Jahre jüngere Schwester hatte, die um jeden Preis vor der Ansteckung geschützt werden mußte. Das Gleiche galt für meinen Vater selbst, der mit seiner noch unverheilten Wunde an gefährlichster Stelle des Nackens ebenfalls vor Infektion zu bewahren war. So hatte tatsächlich ein Aufbruch stattgefunden; denn die Großmutter war mit dem Kinde noch zur selben Stunde in ein nahegelegenes Hotel Garni übersiedelt, während die Mutter über Anordnung des Arztes sich von nun an ausschließlich der Pflege des Vaters zu widmen und jede direkte Berührung mit mir zu vermeiden hatte. Es war also keineswegs Lieblosigkeit sondern der eiserne Zwang der Umstände gewesen, daß man mich allein gelassen hatte. All dieser Zusammenhang dämmerte mir noch, dann aber versank ich neuerdings in Bewußtlosigkeit. Als ich einige Stunden später wieder zu mir kam, war es bereits Nacht. Meine kleine Petroleumstudierlampe, durch einen grünen Papierschirm gedämpft, brannte auf dem Urväterschreibtische neben meinem Diwan; das Bett meines Vaters, der nun in einem anderen Zimmer schlafen mußte, war in die Mitte des Raumes gerückt und stand weiß und offen zu meinem Empfange bereit; eine leise, dunkle Gestalt, Schatten in Schatten, bewegte sich auf mich zu; ein blasses, schmales Antlitz, von einem schwarzen Schleier und einer weißen Stirnbinde umrahmt, neigte sich über mich und sprach mit einer jenseitig klaren und dennoch fraulichen Stimme zu mir: »Gelobt sei Jesus Christus! Ich bin die Schwester Maria Abelina.«

Scharlach! Der junge, hochaufgeschossene, eben noch von den Stürmen werdender Mannbarkeit durchschütterte Körper wehrte sich gewaltig gegen das Gift und gegen die Heere der weißen Körperchen, die das Fieber gegen die roten in seinem Blute unermüdlich ins Treffen führte, und hielt stand. Da holte sich der Scharlach Bundesgenossen! Furchtbare Hilfstruppen traten auf den Plan: Diphtheritis, Nierenaffekt, Herzbeutelwassersucht, Mittelohr- und Augenentzündung! Nach drei Wochen Krankseins war ein Zustand eingetreten, wo während aller Augenblicke ganzen oder auch nur halben Bewußtseins trockenes Feuer in der Kehle und im Nasenrachenkanal brannte. Die Ohren waren taub, die Augen fast blind, und die Flüssigkeit im Herzbeutel preßte den Atem ab. Nur in stechendem Bellen befreite sich die Brust, nur zu keuchenden, pfauchenden Lauten versagte die Stimme. Aber Eis kühlte das Herz, Eis schluckte der Schlund, in dem es wie mit Messern schnitt. Kognak, gegen diese Schmerzen ohne alle Schärfe, durchspülte die Kehle und schuf dem verebbenden Herzschlag immer wieder neuen Antrieb. Aber wie lange noch? Von diesen Qualen halben oder ganzen Wachseins war die einzige und gefährlichste Erlösung – Fieber! Da senkten sich purpurne Schleier über die Seele, flogen auf im unbekannten Sturm, wurden zerrissen und bildeten flutende Gestalten. Ja, es war bisweilen unendlich schön in diesem phantastischen Hintreiben durch Nebel auf Fieberwogen des Blutes! Wahre Opiumräusche des Gehirns, holdeste, bunteste Unwirklichkeiten, aus Elementen des verflossenen Wachlebens zusammengeweht! Liebe Erscheinungen tauchten auf: Annie, Karl! Aber der Vater mit dem weißverbundenen Kopf und dem schmerzensblassen Gesicht, umwirrt vom wild ausgewachsenen, schwarzen Barte, leitete schon zu anderen, beklemmenderen Visionen hinüber. Da war der Direktor: Glauben Sie, daß ich Ihr Büttel bin?! Da war der Mathematiker: Ganz ungenügend! Da war die Maturitätsprüfungskommission unter dem Vorsitze des gefürchtetsten Landesschulinspektors! Aber auch diese Bilder wurden abgelöst, und auf einmal fröstelte wimmerndes Orgelspiel durch eine wintermorgenfinstre Kirche, tönte zum Geleier dünner Altweiberstimmen, wie aus einer anderen Welt herüber, in eine Seitenkapelle der Piaristenkirche, und dort kniete, vor dem Marienbilde in stilles Gebet versunken, eine zarte, ganz hellgoldblonde Gestalt und merkte nicht oder wollte es nicht merken, daß ein übernächtiger, blasser Knabe, der neben ihr kniete, nach einem einzigen Blick ihrer Augen, nach einem einzigen leisen Streifen ihres Kleides hungerte. Sie war Lehrerin in einer benachbarten Mädchenschule, alle Gymnasiasten verliebten sich in sie, und ein feister Augur von einem Katecheten machte ihr auf dem Schulweg den Hof. Das wollte das Herz in Stücke zersprengen! Doch da, während noch kindisch-ohnmächtige Eifersucht alle Foltern probte, ist auf einmal – der Kaiser! Durch die Mariahilferstraße fährt er mit seinem Leibkutscher und dem stadtbekannten Büchsenspanner nach Schönbrunn. Was aber bedeutet dieses?! Der Wagen hält, der

Kaiser steigt aus und schreitet elastisch auf einen jungen, schmächtigen Menschen zu, den sein scharfes Auge im Spaliere der Passanten erblickt hat. Dieser aber, der immer Offizier werden wollte, doch immer als dazu »untauglich« befunden worden war – dieser aber wittert den Geruch ungeheueren Glücks! Jetzt – nur ein paar Atemzüge noch! – wird der Kaiser auf ihn zutreten und mit seinem gütigsten Vaterlächeln wird er sagen: »Ich ernenne Sie außertourlich und aus besonderer Gnade zum Leutnant in meinem Artillerieregiment Numero ...« Da, in diesem Augenblicke unmittelbar naher Erfüllung, stampfte eine wohlbekannte, autoritätswahnsinnige Stimme wütend über alle Gnadensaat: »Bis zur Matura werden Sie vielleicht kommen, aber über *diese* Barre werden Sie *nicht* springen, dafür werde ich sorgen!«

So, im bald beängstigenden, bald beglückenden Kreislaufe immer wiederkehrend, jagten einander die Gesichte durch dreimal sieben Tage. Dann aber kam die Nacht vom ersten auf den zweiten Dezember und mit ihr die Entscheidung: die Schlacht!

Woher war auf einmal das Meer geflutet über das feste Land? Der Boden schwankt gewaltig unter den Füßen, Sturm pfeift im Takelwerk, und Riesenwogen mit weißen Schaumlefzen springen an die hölzernen Planken. Aber, o Pein, o unbegreifliches Schicksal! Einer, der auf dem Schiffe Auslug hält nach dem Feinde, er ist verurteilt, gegen die eigenen Landsleute zu kämpfen; denn die österreichische Admiralsflagge, sie weht in der gegnerischen Schlachtlinie. Also Verräter, Abtrünniger am eigenen Vaterlande! Da fällt der erste Schuß! Ihm folgt ununterbrochenes Heulen von vielen Breitseiten. Die Geschosse kommen über die Wasserfläche gehüpft wie die Steine beim »Platteln«, und jetzt, ein Riesenkaliber schlägt ein! Flüche, wildes Durcheinander, Geschrei! Die Fregatte sinkt, Sturzwässer brausen über Bord. Doch da ist plötzlich das feindliche, ach, das österreichische Admiralsschiff ganz nahe. Tegetthoff persönlich steht auf der Kommandobrücke, und während Maste, Schornsteine und Geschütztürme über mir zusammenbrechen, fährt der eiserne Bug des Gegnerschiffes in die hölzerne Flanke des eignen. Ich höre noch das Krachen und Splittern des Rumpfes, sehe noch Flammen aus dem Maschinenräume emporschlagen, dann ein Aufschrei aus hundert Kehlen! Ich springe mit einem verzweifelten Satze auf das Deck des Siegerschiffes, springe zu kurz, eisige Flut umfängt mich, und ich – erwache mit den Füßen auf dem winterlich frostigen Parkettboden und mit dem Oberkörper auf dem noch kälteren Ledersofa neben meinem Bette. Maria Abelina ist bemüht, mich wieder dahin zurückzubringen, es gelingt ihr, der Eisbeutel wird gewechselt, ein Medikament eingeflößt, und dann – es dürfte gegen Mitternacht gewesen sein! – erschien am Fußende des Bettes der Arzt.

Dr. Theodor H., der Hausarzt, besuchte mich in jenem Stadium der Krankheit dreimal des Tages. Er kannte mich von frühester Kindheit auf, hatte an mir zweimal schwere Verletzungen, sämtliche Kinderkrankheiten und drei Lungenentzündungen geheilt. Vielleicht war er mir sogar ein wenig gut, soweit dies seine äußerlich harte und fast mephistophelische Art zuließ. Ich jedenfalls vertraute ihm und blickte zu ihm empor wie zu einem Vater, besonders seitdem ich den meinen als Berater verloren hatte. Daher die kindliche Frage: »Muß ich sterben, Herr Doktor?«

Er mit beinahe sarkastischem Lächeln: »Wir alle müssen sterben!«

Ich, die Frage genauer stellend: »Kann ich diese Krankheit überhaupt noch überstehen?«

Er, die Achseln zuckend, mit einer fast wegwerfenden Handbewegung: »Nur Gott ist allwissend!«

Ich zum dritten Male: »Werde ich diese Nacht überleben?«

Da schien in der Dämmerung des Zimmers seine Gestalt plötzlich zu wachsen; durch scharfgeschliffene, goldgeränderte Zwickergläser richtete sich ein stählernes Augenpaar auf mich, scharf, eindringlich, unausweichlich, dämonisch, und eine harte, sachliche und dennoch nicht ganz unbewegte Stimme sprach, jedes Wort betonend:

»Mit anderen würde ich mich auf dieses Thema nicht einlassen, Sie aber kenne ich als philosophischen Kopf, und Ihnen sage ich: wenn nicht ein Wunder geschieht, so werden Sie diese Nacht kaum überleben. Aber – es gibt Wunder!«

Wenn es eine Finte war im Schachspiel mit dem Tode, so hatte sie gewirkt! Wie Feuergarben schoß es im selben Augenblicke durch mein Blut, ich war mit einem Schlage klar wach, und Riesenkräfte schienen mir plötzlich gegeben. Ich erteilte noch in Anwesenheit des Arztes meine Zustimmung dazu, daß ein Priester geholt werde, Dr. H. gestattete seinerseits, daß ich meine Eltern sehen dürfe, und dann ging er, von der Schwester geleitet, zur Türe hinaus.

Allein. Meine kleine Petroleumstudierlampe mit dem grünen Pappendeckelschirm verbreitet wieder graugrüne Dämmerung im Gemach, nur aus dem Zylinder wirft sie senkrecht an den Plafond empor einen grellen, scharfumrissenen Mond, der von einem ringsum verblaffenden Hofe umgeben ist. Die Wanduhr tickt eintönig und unbeteiligt vielleicht die letzten Minuten meines Lebens, und in mir war wunderbare Stille.

Nachdem Maria Abelina ins Zimmer zurückgekehrt ist, löscht sie die Lampe aus. Nun knistert wieder das Nachtlicht durch die Dunkelheit. Die Schwester tritt an mein Bett, beugt sich liebevoll zu mir: »Gott wird helfen! Durch sein Sakrament! Beten wir zu ihm!« Sie hatte es wohl schon oft zu Sterbenden gesagt, sie glaubte auch vielleicht nicht einmal an die Hilfe Gottes in diesem Falle, und dennoch: es war etwas in diesen Worten, das sie mir unvergeßlich gemacht hat.

Der Kranke liegt nun auf den Rücken hingestreckt in seinem Bette, die Hände sind über der Brust gefaltet wie im Tode, die elfenbeinernen Perlen eines Rosenkranzes kühlen seine heißen, trockenen Finger. Zu Häupten des Bettes aber, auf einem weißen Küchensessel, brennt jetzt eine Kerze. Das ebenholzschwarze Brustkreuz der Ordensschwester mit dem silbernen Heiland darauf ist an den kupfernen Leuchter gelehnt, und wie aus Tiefen klingt die leise und dennoch inbrünstige Stimme einer Knieenden: » *De profundis clamamus ad te, Domine!* « und dann immer ferner, immer unwirklicher, in unendlicher, hypnotisierender Wiederkehr: » *Miserere nobis! – Miserere nobis! – Miserere nobis! ... «*

Gegen drei Uhr morgens ein Glockenzeichen durch die Stille der Nacht: der Priester! Aber Schleier wallten eben wieder durch das Gemach, und ich sah zunächst nur wie im Traume, was nun geschah. War es möglich, daß der junge Mesner mit dem übernächtigen Gesichte und dem rotblonden, hinaufgewichsten Schnurrbarte eine weiße Seidenkrawatte mit Brillantnadel trug? Und dennoch, er tat so. Sonst wäre ja auch alles andere, was er nun vornahm, nicht Wirklichkeit gewesen! Und dies *war* doch Wirklichkeit und paßte zu der Zeremonie! In der Nähe meines Bettes stand der Tisch, der sonst in der Mitte des Zimmers unter der Hängelampe seinen Platz hatte, und nun war er plötzlich mit feinem weißem Linnen überbreitet, und darauf glitzerte im Scheine zweier Silberleuchter der hohe, goldene Speisekelch, der die letzte Wegzehrung enthielt. Dann verschwanden Mesner und Nonne, und ich war mit dem Priester allein. Scharfer Tabakgeruch nahte sich mir, durch Nebel kam ein roter, runder Mond auf mich zu, und eine Stimme fragte mich, ob ich bereit sei, zu beichten und das Sakrament zu empfangen. Da war es, als schnappte in mir urplötzlich eine Feder ein, und im nächsten Augenblicke, so schien es mir wenigstens, war ich zum zweiten Male klar wach. Diese Stimme hatte ich erkannt! Und nun dieses Gesicht kannte ich auch und – haßte es! Von diesem das Sakrament?!

Diese innere Auflehnung mochte sich in meinen Mienen gespiegelt haben und dem Priester nicht entgangen sein. Denn er sah mich zuerst eine Weile forschend an, dann aber sagte er: »Wenn es Sie anstrengt, brauchen Sie mir nur zu antworten. Ich werde fragen.«

Und er fragte, ob ich auch außer der Schule den Feiertag geheiliget und der Predigt und Messe beigewohnt habe. Und ich antwortete, daß ich dies aus freien Stücken nur ein einziges Mal getan hätte, und gerade damals habe der Prediger auf der Kanzel nicht von Gottes Wort, sondern von Politik gesprochen und Haß und Verachtung gesät gegen andersdenkende Bürger im Staate. – Er unterbrach mich und meinte, daß die Kirche nicht nur eine Vereinigung der Seelen in Gott sondern auch eine *Ecclesia militans* sei und daß ihre Widersacher auf Erden nach Legionen zählen. Trotzdem habe jener Prediger nicht recht gehandelt und sei im heiligen Eifer zu weit gegangen, wenn ...

»Der Prediger waren Sie selbst, Hochwürden!«

Und er fragte zum zweiten: ob ich wohl immer mit gebührender Andacht die heiligen Sakramente empfangen habe, und ich antwortete: daß ich sie empfangen hätte, weil ich sie habe empfangen müssen, und daß ich dabei nicht unehrerbietig verfahren sei. Einmal hingegen hätte ich mich auch innerlich gedrängt gefühlt, eine Schuld zu bekennen, die in meinen Augen größer gewesen sei als alles, was ich jemals früher begangen hatte, und gerade damals habe mir der Beichtiger nicht zugehört, da er mir sonst eine weit schwerere Buße auferlegt und nicht jedes ermahnende Eingehen auf meine Sünde unterlassen hätte. – Er gab zu, daß dies vorkommen könne, beschönigte es aber mit der großen Zahl der Beichtkinder bei den üblichen Schülerbeichten. Trotzdem sei es natürlich nicht in Ordnung gewesen, wenn ...

»Jener Beichtvater waren Sie selbst, Hochwürden!«

Und er fragte zum dritten nach dem Gebote wider die Unkeuschheit, und ob ich in Gedanken oder Handlungen, mit Mädchen oder gar mit der Frau meines Nächsten ... Und ich antwortete: daß ich nicht frei von Versuchungen, doch unberührt geblieben sei vom Weibe. Aber selbst wenn dies nicht so gewesen wäre, hätte ich es kaum als Sünde empfunden, da ich ja kein Gelübde abgelegt habe. Hingegen gäbe es andere, siebenfach Geweihte, die trotzdem zum Gaudium der Gymnasiasten den kleinen und großen Mädchen an den Straßenecken aufpaßten ...

Diesmal indessen ersparte er mir und sich den Kehrreim! Wie kam er auch dazu, sich von einem siebzehnjährigen Moriturus so schnöde den Spieß umdrehen zu lassen? Aber nur einen Augenblick lang feixte durch die demütige Maske des guten Hirten das höhnisch-böse Lächeln des feisten Augurs von einem Katecheten, dann wurde die Beichte abgebrochen, die Absolution erteilt, Schwester und Mesner hereingerufen, und mich umfingen alsbald die erschütternden Schauer des Sakramentes. Meine Lippen empfingen den Leib des Herrn, und an Stirne, Händen und Füßen berührte mich das Chrysam des Heiles. Jetzt, als wir uns in gemeinsamem Gebete vereinigt hatten, öffnete die Schwester die Flügeltür zu der nebenan liegenden Küche, und dort, im grellen grüngelben Lichte der Auerlampe, auf den Steinfliesen neben dem kachelblauen Herde, knieten meine Eltern: die Mutter, die mir im Laufe der Jahre wirklich eine solche geworden, vermochte ihr Schluchzen nicht zu verhalten, der Vater, nun schon ohne Verband aber mit dem Ausdrucke unsäglichen, hilflosen Leidens, streckte die Hände nach mir aus; seine Lippen wollen etwas sagen und können es nicht. Da übermannt auch ihn die Verzweiflung zu einem langhingezogenen, wimmernden Schmerzenslaut, indessen ich meinen Eltern für alles danke und sie für alles, was ich ihnen jemals angetan, um Verzeihung bitte. Dann schreitet der Priester an den Knieenden vorüber, tröstet, segnet sie, der Mesner folgt ihm, die Tür in die Küche wird geschlossen, und ich – hatte Abschied genommen vom Leben. Aber meine Augen waren trocken geblieben. Eine wundersame, fast verklärte Wachheit erfüllte mich, die Beklemmungen des Herzens waren gewichen, nichts tat mir weh, nichts ängstigte mich. Gott wollte es mir, so schien es, leicht machen, ich fühlte mich schwerelos, schwebend, und dann, während Maria Abelina meine Hand in der ihren hielt, ward ich hinweggenommen von dieser Erde in einen tiefen, traumlosen Schlummer.

Aber das Schicksal hatte es anders mit mir gewollt, als ich selbst und die andern es vermeint hatten. Denn als ich am nächsten Morgen erwachte, war mir freier zumut als sonst beim Erwachen. Alle Hitze schien aus mir verschwunden, und es fröstelte mich. Weißes, kaltes Winterlicht flutete ins Zimmer, und vor der Fassade des gegenüberliegenden Hauses hingen unbewegt eine rot-weiß-rote und eine schwarzgelbe Fahne. Und da, fast im selben Augenblicke, als ich sie wie etwas Geträumtes gewahrte, erklang von ferneher der prickelnde Marschtakt von Trommeln. Maria Abelina deckte mich rasch bis zum Kinn hinauf zu und öffnete das Fenster. Und da war auch schon die große türkische Trommel mit den bekannten fünf einleitenden Schlägen eingefallen, und im nächsten Augenblicke schmetterte und wirbelte unten in der Lenaugasse eine Militärmusik. Es war der 2. Dezember 1898, der Tag des fünfzigsten Regierungsjubiläums des Kaisers! Farben wehten von allen Giebeln, und Regimentskapellen durchzogen am frühen Morgen die Innere Stadt und die Vorstädte. Und da – warum sollte ich es verschweigen? – blühte auch meinen Augen, die noch kurz vorher trockener Wimpern Abschied genommen, die Träne, und Maria Abelina weinte mit mir. Der Tod war vorübergeschritten, die Krisis überstanden, und unter den Siegesklängen des Radetzkymarsches ging es wieder zurück ins Leben.

Die Genesung machte nun rasche Fortschritte, jeder Tag brachte neuen, beseligenden Zuwachs an Kräften, und jene Zeit glich einem wahren Triumphzug von Morgen zu Morgen. Da erwachte in mir allmählich auch wieder der alte Übermut und mit ihm, der selten guttut, der Hang zu Versen. Ein wahres Frühlingsgewitter von Gedichten im Stile Eichendorffs, Lenaus und Heines entlud sich aus mir. Weil aber die Zettel, auf die ich sie, noch mehr liegend als sitzend, hinkritzelte, gefährlichste Bazillenträger gewesen wären, so ereilte sie alle der gerechte Tod in den Flammen. Nur ein paar Hymnen religiösen Inhaltes, die ich auf Bitten Maria Abelinas (aber auch aus echtem eigenem Gefühle) zu den Melodien verfaßt hatte, welche die Nonnen sonst mit lateinischen Texten sangen, wurden von jener der Schwester Oberin vorgelegt und von dieser zugelassen. Und so singen denn vielleicht auch heute noch edle Dulderinnen, die in wahrer Nachfolge Christi ihr Leben dem Dienste an Kranken weihen, die Strophen eines damals Siebzehnjährigen, die dieser heute wohl selbst kaum als die seinen wiedererkennen würde. Den gütigen Engel aber, der mir in der Stunde des Absterbens die Hand gehalten, habe ich nie wieder gesehen. Bei einem Besuche in dem kleinen, lichten Kloster weit draußen auf der Simmeringer Hauptstraße hatte ich Maria Abelina nicht angetroffen. Oder hatte sie die bescheidene Freude, ihren genesenen Pflegling wiederzusehn, auch »opfern« wollen, wie sie sich, über die Strenge ihrer Regel hinaus, alles abbrach, was ihrem Leben auch nur ein wenig irdische Wärme verliehen hätte?! Dem Priester hingegen, der mir die letzten Sakramente gespendet, bin ich noch oft begegnet. Er sah mich das erste Mal sichtlich überrascht an, dankte mir aber dann für meinen Gruß mit unverhohlener Freundlichkeit und Freude. Offenbar hatte er mir die trotzige Beichte, bei der ich mehr des Splitters im Auge meines Nächsten als des Balkens in meinem eigenen geachtet hatte, christlicher, als ich es gewesen, verziehen. Und so denke ich denn auch mit seinem Schatten versöhnt an jene Nacht zurück. Sie wäre beinahe das Ende meines Lebens geworden und ward durch die Gnade, die über mir waltete, bloß das Ende meiner Kindheit. Erst viele Jahre später habe ich ihr ein kleines Denkmal gesetzt. Es heißt »Todeserlebnis«, ist ein Sonett und bilde den Ausklang:

> Ich denke dich an jedem Tage, Tod!
> Seitdem ich dich in Knabennächten fühlte
> Und nah dein Hauch mir fast das Herz verkühlte,
> Bist du mir weder Schauder mehr noch Not.
>
> Das Sakrament, das mir der Priester bot,
> Indessen Fieberglut mein Blut durchwühlte

Und Nebel von Gesichten mich umschwülte,
Schien der Erlösung himmlisch Mannabrot.

Ich schloß die Augen, hörte wie im Traum
Die Klosterschwester *De profundis* beten,
Die Sterbekerze geisterte im Raum.

Aus blauen Körbchen reichten die Tapeten
Mir Früchte her, es hob mich auf wie Flaum,
Und meiner Seele goldne Flügel wehten!

Über tredition

Eigenes Buch veröffentlichen

tredition wurde 2006 in Hamburg gegründet und hat seither mehrere tausend Buchtitel veröffentlicht. Autoren veröffentlichen in wenigen leichten Schritten gedruckte Bücher, e-Books und audio-Books. tredition hat das Ziel, die beste und fairste Veröffentlichungsmöglichkeit für Autoren zu bieten.

tredition wurde mit der Erkenntnis gegründet, dass nur etwa jedes 200. bei Verlagen eingereichte Manuskript veröffentlicht wird. Dabei hat jedes Buch seinen Markt, also seine Leser. tredition sorgt dafür, dass für jedes Buch die Leserschaft auch erreicht wird.

Im einzigartigen Literatur-Netzwerk von tredition bieten zahlreiche Literatur-Partner (das sind Lektoren, Übersetzer, Hörbuchsprecher und Illustratoren) ihre Dienstleistung an, um Manuskripte zu verbessern oder die Vielfalt zu erhöhen. Autoren vereinbaren direkt mit den Literatur-Partnern die Konditionen ihrer Zusammenarbeit und partizipieren gemeinsam am Erfolg des Buches.

Das gesamte Verlagsprogramm von tredition ist bei allen stationären Buchhandlungen und Online-Buchhändlern wie z. B. Amazon erhältlich. e-Books stehen bei den führenden Online-Portalen (z. B. iBookstore von Apple oder Kindle von Amazon) zum Verkauf.

Einfach leicht ein Buch veröffentlichen: **www.tredition.de**

Eigene Buchreihe oder eigenen Verlag gründen

Seit 2009 bietet tredition sein Verlagskonzept auch als sogenanntes "White-Label" an. Das bedeutet, dass andere Unternehmen, Institutionen und Personen risikofrei und unkompliziert selbst zum Herausgeber von Büchern und Buchreihen unter eigener Marke werden können. tredition übernimmt dabei das komplette Herstellungs- und Distributionsrisiko.

Zahlreiche Zeitschriften-, Zeitungs- und Buchverlage, Universitäten, Forschungseinrichtungen u.v.m. nutzen diese Dienstleistung von tredition, um unter eigener Marke ohne Risiko Bücher zu verlegen.

Alle Informationen im Internet: **www.tredition.de/fuer-verlage**

tredition wurde mit mehreren Innovationspreisen ausgezeichnet, u. a. mit dem Webfuture Award und dem Innovationspreis der Buch Digitale.

tredition ist Mitglied im Börsenverein des Deutschen Buchhandels.

Dieses Werk elektronisch lesen

Dieses Werk ist Teil der Gutenberg-DE Edition DVD. Diese enthält das komplette Archiv des Projekt Gutenberg-DE. Die DVD ist im Internet erhältlich auf **http://gutenbergshop.abc.de**